KB024320

죽은
고양이를

태우다

죽은 고양이를 태우다

김양미 소설

문학세상

차례

비정상에 관하여

2022 경인일보 신춘문예 소설 부문 당선작

교실은 난장판이 되어 버렸다. 사물함 앞에는 미친년처럼 머리가 헝클어진 나와 입에 게거품을 물고 씩씩거리는 철구가 서로의 멱살을 잡고 대치 중이었고 다른 아이들은 울거나 귀를 막고 교실 구석에 처박혀 있었다. 30분 전까지만 해도 따분할 정도로 평화롭던 교실이 쑥대밭이 되어 버린 것은 아주 사소한 일 때문이었다. 사물함을 열겠다는 철구와 그걸 막아선 나와의 자존심 싸움, 결코 물러설 수 없는 한판 대결이었다. 뒤늦게 달려온 미애 샘이 우리를 떼어 놓으려 하자 철구가 울음을 터트렸다.

"엄마한테 일러 줄 거야. 다 죽었어, 씨바아알!"

열다섯 살 남자아이가 다섯 살짜리 꼬맹이처럼 울부짖고 있었다. 미애 샘이 입 모양으로 "무슨 일이에요?"라고 물었다. 나는 헝클어진 머리를 쓸어 넘기며 "별일 아니에요."라고 말해 줬다. 그리고 내 옷에서 떨어져 나간 단추를 주워 바지 주머니에다 쑤셔 넣었다.

그날 저녁, 식탁에 앉아 멍하게 밥숟갈만 내려다보고 있는 나에게 남편이 물었다.

"학교에서 뭔 일 있었어?"

"일이야 뭐 맨날 있지."

"목에 난 상처는 또 뭐야. 애들하고 싸웠어?"

"내가 애냐. 애들하고 싸우게."

그러고 보니 아까부터 어딘가가 쓰리다 싶었는데 목 부분이 긁혔던 모양이다. 한 번씩 이런 일이 있고 나면 온몸에 힘이 쭉 빠져 밥숟가락 들 힘도 없다. 남편이 연고를 가져와 발라 주며 쯧쯧 혀를 찼다.

"그냥 대충해. 걔들이 뭘 안다고 그렇게 용을 써."

순간 울컥하며 남편에게 버럭 소리를 질렀다.

"걔들이 뭘 모르는데!"

"아니, 내 말은 그냥…… 불쌍한 애들이라는 거지."

"그러니까 뭐가 불쌍한데, 걔들이 어디가 어떻게 불쌍하냐고!"

더 말해 봤자 싸움밖에 안 나겠다 싶었는지 약상자를 들고 돌아서다 남편이 짧게 말했다.

"많이 힘들면 전에 말한 거, 한번 생각해 봐."

남편은 지난달에도 저 말을 했다. '전에 말한 거'라고. 예전 같으면, "내가 정신병자야? 그딴 소리 한 번만 더 해 봐!"라며 바락바락 소리를 질러 댔을지도 모른다. 하지만 오늘 학교에서의 일도 그렇고, 뭔가 문제가 있어 보이긴 했다. 들이박기 전에는 멈출 수 없는 고장 난 브레이크처럼, 종종 나에겐 이런 일들이 일어났다.

점심을 먹고 학교 앞 카페에 커피를 사러 가는 길에 미애 샘이 불쑥 자기 언니 얘기를 꺼냈다. 예전에도 몇 번, 두 살 터울인 언니 이야기를 사적인 자리에서 한 적이 있었다. 우울증이 심해 가족들이 많이 힘들어한다고. 그런데 얼마 전에 아는 분 소개로 다니던 병원을 옮긴 이후로 많이 좋아졌다고 말했다.

"우울증 약 먹으면서 몸무게가 10킬로그램이나 늘고, 진짜 장난 아니었거든요. 근데 얼마 전부터, 운동한다고 아침 일찍 나가는 거예요. 며칠 저러다 말겠지 싶었는데 오늘이 벌써 일주일째예요. 살도 좀 빠진 거 같고 얼굴도 밝아지고……. 암튼, 한시름 놨다니까요."

"새로 옮긴 병원이 잘하나 보죠?"

"그냥 작은 개인 병원이래요. 사람도 거의 없고, 언니는 그래서 더 좋대요."

내 친구 중에도 우울증이 심한 애가 있다며, 연락처를 알려 달라고 했다. 미애 샘은 핸드폰 사진에 저장해 둔 의사의 명함을 내게 보내 주며 말했다.

"근데 그 의사 샘이요, 이름이 진짜 재밌어요. 한번 들으면 절대 안 까먹을걸요."

우리 아파트 위층엔 유치원에 다니는 꼬맹이와 말티즈를 키우는 부부가 산다. 조금 전, 집을 나오다 개를 산책시키러 나가는 위층 남자를 만났다. 좁은 승강기 안에서 안절부절못하며 낑낑대는

개에게 남자가 말했다.

“얌전히 있어야지, 코코!”

문이 열리자 남자는 짧게 거머쥔 목줄을 잡아당겨 내가 먼저 내릴 수 있도록 기다려 주었다. 예의 바른 주인이 어떻게 행동하는지 보여 주겠다는 듯이. 몇 년째 아래윗집으로 살고 있지만, 아이가 쿵쿵 뛰는 소리나 밤늦게 개 짖는 소리가 들린 적은 거의 없었다. 한마디로 조용하고 예의 바른 가족이었다. 발걸음을 늦춰 남자가 개를 데리고 가는 뒷모습을 보며 따라 걸었다. 짧게 목줄을 거머쥔 남자가 빵집 모퉁이를 돌아 공원 쪽으로 사라지고 나자 버스가 왔다.

조금 늦은 시간이었지만 오후 6시로 예약을 잡았다. 전화를 받은 남자가 ‘직장 다니는 분들을 위해 매주 화요일에는 8시까지 진료를 하고 있습니다.’라고 말해 줬기 때문이다. 집에서 그리 멀지 않은 곳에 병원이 있었다. 몇 년 전부터, 재개발을 한다, 안 한다, 말이 많다가 흐지부지되어 버린 동네에는 여기저기 빈 상점들이 눈에 띄었다. 전화로 알려 준 대로 버스 정류장에서 편의점이 있는 골목으로 꺾어 들어와 10분쯤 걸어 올라가니 낡은 회색 건물 하나가 나왔다. 그곳 4층에 '유두봉 정신 건강 의원'이 있었다.

병원 대기실에 앉아 데스크에서 건네준 간단한 질문지에 체크하고 10분쯤 지나자 진료실 문이 열리며 누군가 내 이름을 불렀다. 진한 카키색 와이셔츠에 흰색 넥타이를 매고 있는 50대 중반가량의 남자, 서글서글한 인상에 입가에 세로로 난 깊은 주름이 괄호처럼 처져 있었다. 진료실 양쪽 벽면으로 책들이 빼곡하게 꽂혀 있었는데 전공 서적 외에도 소설책과 시집 같은 것들이 제법 눈에 띄었다. 진료실이라기보다는 편안한 서재 같은 느낌이 드는 방이었다. 책상 위에 놓인 차트를 들여다보고 있던 남자가 말했다.

"직업이 대안학교 교사라고 되어 있네요."

까만 슬리퍼 안에서 꼼지락거리고 있는 남자의 발이 책상 밑으로 보였다.

"이 일 시작한 지는 얼마나 되셨어요?"

"5년 정도 됐어요. 정확히는 4년 8개월이고요."

"이런 일도 무슨 자격증 같은 걸 따야 하나요?"

"딱히 그런 건 없어요. 대안학교니까."

“그럼 대학에서는 무슨 전공을…….”

“저는 철학과를 나왔습니다. 이 일하고는 전혀 상관이 없지만요.”

“제 동생도 철학과를 나왔는데 지금은 정육점을 하고 있습니다.”

그의 동생이 정육점을 하든, 치킨집에서 닭을 튀기고 있든 내 알 바 아니었다.

“선생님, 사실 제가 여기 온 이유는요…….”

긴장을 풀기 위해 허리를 쭉 펴고 숨을 한 번 크게 들이마셨다. 집에서 버스로 아홉 정거장이면 올 수 있는 거리, 하지만 내가 여기에 오기까지 걸린 시간은 34년이었다.

“네, 말씀해 보세요, 편하게.”

“그러니까 저에게…… 문제가 좀 있는 거 같아서요. 얼마 전에 학생 하나랑 좀 다퉜는데, 아니 사실은 옷에 단추가 다 떨어져 나갈 정도로……. 그 친구가, 그러니까 철구가 사물함 문을 계속 여닫아요. 탁, 탁, 소리 나게요. 철구는 강박과 불안증이 있거든요. 근데 저희 반에 지우라는 애가 있는데 그 소리를 못 참아요. 자폐증을 가진 친구라 소리에 엄청 예민해요. 애들 우는 소리랑 개 짖는 소리, 그리고 물건을 탁, 탁, 여닫는 소리가 들리면 귀를 막고 미친 듯이 쿵쿵 뛰어다녀요. 그러다 벽에 머리를 박기도 하고요. 근데 그걸 보면 또, 예진이가 겁을 먹고 구석에 처박혀서 끝도 없이 울어요. 한번 울기 시작하면 아주 끝장을 보는 친구거든요. 그래서 제가 그 사물함 문을 못 열게 막고 서 있다가……."

의사는 발가락을 계속 꼼지락거리고 있었다. 이야기하면서도 자꾸 신경이 쓰여 무릎 담요 같은 걸 발에다 확 갖다 씌워 버리고 싶은 충동이 일었다.

"그러니까 선생님, 그게 별거 아닌 것처럼 느끼실 수도 있는데 보통 이런 경우 다른 교사들은 저같이 행동하지 않아요. 규칙을 어기면 생각하는 방, 저희 학교에 그런 게 있어요. 화장실 두 칸 크기 정도 교실인데 거기 앉혀 놓고 반성하게 해요. 하지만 저는 그런 게 싫거든요. 그게 뭐 크게 반성할 일인가 싶고. 철구가 사물함 문을 소리 나게 여닫는 건 걔가 스트레스 받는 일이 있었다는 거라 평소엔 그냥 내버려 둬요. 지우가 좀 괴로워하긴 하지만 그럴 땐 화장실에 데려가 변기 위에 좀 앉혀 놓으면 되니까요. 지우가 거길 좋아해요. 그러니까 제 말은, 딴 교사들은 못 하게 하는 행동도 저는 다 이해가 돼요. 문제는 그러다 한 번씩 제가 펑 터져 버린다는 거예요, 지난번처럼."

"경우에 따라 분노 조절이 안 된다는 거네요?"

"네, 맞아요. 어떤 날은 되고 어떤 날은 안 돼요. 그러다 몸싸움까지 가고. 한번은 민정이라는 친구하고 머리채를 잡고 싸운 적도 있어요. 민정인 지적 장애 2급에다 반사회적 인격 장애까지 있어서 좀 골치 아픈 학생이거든요. 집에 불을 지른 적도 있고, 엄마 카드를 훔쳐 나가서 막 쓰고 그래요. 암튼, 그게 중요한 게 아니라 민정이가 예진이 가슴을 만졌거든요. 얘들이 몸은 어른인데 이성 친구들을 사귈 기회가 별로 없다 보니 이성, 동성 구분 없이 막 이상한 감정에 휩싸이고 그럴 때가 있어요. 이해 못 할 일은 아닌 거죠. 근데 그날은 민정이가 예진이 가슴을 만지며 징그럽게 웃는 거예요. 느글거리는 아저씨 표정, 딱 그거였어요. 그걸 보는데 저도 모르게 또……."

의사가 진료실에 있는 작은 냉장고에서 생수 한 병을 꺼내 주며 말했다.

"문제없는 사람이 어디 있겠습니까. 일단 오늘은 편하게 하고 싶은 말 있으면 다 하세요. 일 때문에 스트레스를 받아서 그럴 수도 있는 거니까."

병원을 나선 시간은 8시 30분. 남편과의 갈등에서부터 내 어린 시절에 대한 이야기까지 두서없이 털어놓았다. 고해소의 문을 나서듯 진료실을 돌아 나오며 의사의 하얀 넥타이가 신부의 로만 칼라처럼 보인다는 생각을 했다. 이제껏 미뤄 뒀던 기나긴 참회록의 첫 페이지를 써 내려간 느낌이었다.

두 번째 상담 날짜가 잡힌 날은 학교에 하루 휴가를 냈다. 예약 시간보다 조금 일찍 병원에 도착해 보니 의사는 진료실에서 컵라면을 먹고 있었다. 처음 병원에 간 날, 고등학생으로 보이는 남학생이 데스크에 앉아 있었는데 그날은 보이지 않았다. 김치가 담긴 사각 반찬통을 냉장고에 집어넣으며 의사가 캔 커피 두 개를 꺼냈다.

"식사 중이셨는데 죄송해요."

"아, 아닙니다. 나가서 먹는 것도 번거롭고 해서 그냥 한 끼 때운 거죠 뭐."

"들어올 때 보니 아무도 없던데 다들 점심 먹으러 갔나 봐요."

"지난달까진 데스크를 봐주는 사람이 따로 있었는데 결혼한다고 그만두는 바람에……."

"그럼 전에 왔을 때 있던 친구는 누구죠? 고등학생 같아 보이던데."

"아, 태식인 제 아들입니다. 용돈이 필요하면 가끔 나와 도와주기도 하죠."

첫 진료를 받으러 왔던 날, 데스크에 앉아 있던 남학생 모습이 생각났다. 살짝 반곱슬머리에 두꺼운 검은색 뿔테 안경을 쓰고 핸드폰을 보며 미친 듯이 낄낄 웃고 있었다. 딱히 뭐라고 표현할 수는 없지만 범상치 않은 독특함이 느껴지는 아이였다.

"지난번에 오셨을 때, 제대로 된 검사를 받아 보고 싶다고."

"뭔가 정확한 원인을 알고 싶어서요."

"검사를 받아 봐야 정확한 말씀을 드릴 수 있겠지만."

"대충이라도 말씀해 주세요. 저에게 무슨 문제가 있는 거죠?"

"어렸을 때부터 머릿속으로 오만 잡생각에 시달리고 친구들 사이에서도 엉뚱하다는 말을 많이 들었다고 했잖습니까. 그런 걸로 봐서 조희성 씨는 성인 ADHD가 아닐까 싶습니다만."

멍때릴 때가 많고 뭔가 정리가 안 되는 타입이 주의력 결핍형이고 남들 보기에 소란스럽고 정신없다는 말을 자주 듣는 쪽이 과잉행동 쪽이라고, 나 같은 경우는 주의력 결핍 우세형이 아닐까 싶다고 했다. 그 말에 나는 원인이 뭐냐고 물었다.

"뇌의 전두엽 부분에 문제가 있는 건데 정확한 원인이 밝혀지진 않았지만……."

"그래도 뭔가 이유가 있을 거 아닙니까."

"유전적인 경우도 더러 있고 임신 중에 산모가……."

"그럼 태어날 때부터 잘못된 뇌를 가지고 태어났다는 거네요?"

"꼭 그렇다고는 단정할 수 없습니다."

"그러니까 선생님 말씀은 이게 유전일 수 있다, 엄마나 아빠 둘 중 누군가가 저한테 이런 DNA를 물려줬다, 이 말씀인 거죠?"

"할머니나 할아버지일 수도 있겠지요."

더 정확한 건 검사를 받아 봐야 알 수 있다고 의사가 말했다.

세 번째 진료가 잡혀 있던 날, 학교에 급한 일이 생겼다며 상담 날짜를 미뤘다. 듣고 나면 현실이 될 거 같아 두려웠다. 며칠 정도라도 내 불행을 유예해 두고 싶었다. 마치, AIDS 검사를 받고 검사 결과를 기다리는 사람처럼 나는 불안하고 초조했다. 하지만 더 이상 미뤄 둘 수만은 없는 일이었다. 이틀 뒤로 다시 진료 날짜를 바꿔 병원을 찾아갔다. 핼쑥한 얼굴로 나타난 나에게 의사는 밝은 표정으로 '양성' 판정을 내렸다.

"검사 결과 조희성 씨는 ADHD가 맞습니다. 정확히는 '주의력 결핍 우세형'입니다."

내 배 속을 열어 암덩이를 꺼내 보여 주며 '자, 이게 암입니다. 보셨지요.'라는 말을 듣고 있는 느낌이었다. 막연하게 그럴지도 모른다는 생각은 했었다. '주의력 결핍 과잉 행동 장애'는 동찬이와 철구처럼 복합 장애를 가진 친구들에게 치질이나 무좀처럼 흔히 따라붙는 병명이었다. 예전에 동찬이 어머니가 그런 말을 한 적이 있다. 사람들은 자기 일로 겪어 보기 전엔 절대 이해하지 못한다. 그래서 오히려 무심한 사람들이 더 고마울 때가 있다고. 장애가 있는 아이를 낳아 보지도 않은 사람들이 '다 이해해요.'라는 말을 동정 어린 눈빛으로 전할 때 더 비참하고 더러운 기분이 든다고 했다. 저 의사는 내 고통을 절대 알지 못한다. 그래서 아무렇지도 않은 표정으로 나에게 저런 말을 지껄이고 있는 거다.

어쨌거나 어느 정도 예상은 하고 있었던 일이라 담담하게 받아들이기로 했다. 하지만 담담함이 참담함으로 바뀌는 데는 채 5분도 걸리지 않았다. 의사는 나에게 '웩슬러 지능 검사지'인가 뭔가를 꺼내 놓고 하나하나 콕콕 짚어 주며 말했다.

"학습 능력을 보면 주의 집중, 지각 조직, 언어 이해, 처리 속도 이렇게 4가지 영역이 나옵니다. 정상적인 사람들은 이 네 가지 지표가 거의 비슷해요. 근데 여기 보시면 조희성 씨는 아주 극과 극입니다. 언어나 추론 면에서는 점수가 높은 편이지만 작업 기억이나 처리 속도는 아예 바닥이네요. 어떤 면에서는 뛰어나고 어떤 면에서는 아주 뒤처진단 말인 거죠. 예를 들면, 오른쪽 눈은 시력이 아주 좋은데 왼쪽 눈은 아예 안 보이는 사람이 있다고 칩시다. 그럼 어떻게 될까요. 당연히 안 좋은 쪽 시력을 따라가게 돼 있습니다. 말하자면 조희성 씨가 가진 재능 중에 아주 뛰어난 게 있다 하더라도 현저하게 떨어지는 작업 기억이나 처리 속도, 이런 게 발목을 잡는다는 말입니다. 학교 다닐 때 수학이나 과학 때문에 평균 다 깎아 먹고 그러지 않았습니까? 이런 경우, 경계선 지능 장애를 의심해 보기도 하는데 조희성 씨 같은 경우는 여기 자율 신경계 검사를 보시면…….”

의사가 계속 뭐라고 떠들어 대고 있었지만, 다른 건 귀에 들어오지도 않았다. 내 머릿속에서는 계속 한 단어만 반복해서 들려왔다. ‘장애, 장애, 장애……’ 장애가 있는 학생들 속에 파묻혀 살면서도 그들과 나는 분명 다르다고 생각했다. 어려서부터 그리 영특한 편은 아니었지만 그렇다고 ‘모자란다’ 소리를 듣지도 않았다. 글도 남들보다 빨리 깨우쳤고 좋은 대학은 아니지만 수도권—정확히는 경기도 외곽—에 있는 4년제 대학도 졸업했다. 그런데 내가 경계선 지능 장애 수준이라니, 이건 분명히 뭔가 잘못됐다. 한참을 뭐라고 혼자 떠들던 의사가 검사지 묶음을 내 앞으로 밀어 놓으며 말했다.

“그래도 용케 잘 살아오셨네요. 하하하.”

남편은 위아래, 그리고 친구들과도 두루 잘 지내 왔고 평범한 가정에서 무난한 성격의 시부모 밑에서 자랐다. 그에 비해 나는 어디로 튈지 모르는 럭비공 같은 인간이었다. 대학 다닐 때도 휴학을 두 번이나 하는 바람에 6년 만에 겨우 졸업했다. 친구들은 방학 때 토익 학원이나 컴퓨터 자격증을 따러 다녔지만 나는 절에 들어가 한 달씩 처박혀 있기도 했다. 언젠가 한 번은 친구와 함께 피자집에서 아르바이트를 한 적이 있었는데 꼬질꼬질해 보이는 어린아이 둘을 데리고 온 여자에게 "여기보단 길 건너 피자집이 훨씬 더 맛있고 값도 싸다."고 말해 줬다. 그건 사실이니까. 하지만 우연히 그 소리를 듣게 된 사장은, 길 건너 피자집에 가서 일하라고 나를 쫓아냈다. 같이 아르바이트하던 친구는, "그래 너 잘났다. 꼭 그렇게 유별을 떨어야만 했니."라며 혀를 찼다. 의도를 가지고 한 행동은 아니지만, 결과적으로는 상식에 벗어난 행동이었던 거다.

그날 저녁, 구운 오징어와 소주잔을 사이에 두고 남편과 식탁에 마주 앉았다.

"그래서, 병원에서는 뭐래?"

"뭘 뭐래. 당신이 바라던 대로지."

"말을 왜 그렇게 삐딱하게 해 맨날."

"근데 나, 처음 봤을 때부터 뭔가 좀 이상했어?"

"이상하다기보단, 그냥 좀 독특했지. 맨날 땅만 보고 걸어 다녔잖아, 부끄럼 엄청 타는 사람처럼. 근데 또 어떨 때 보면 뻔뻔하기 그지없고. 싫은 건 죽어도 안 하는데 좋은 건 또 너무 열심히 하고. 암튼 극과 극이었어."

오늘만 해도 저 말을 두 번이나 들었다. 극과 극.

"예전에 학교 다닐 때 동아리 방에서 낮술 마시다가 영철 선배가 그런 말 한 적 있었잖아. 시내버스만 계속 갈아타고 땅끝 마을까지 갈 수 있겠냐고. 그때 니가 술 마시다 벌떡 일어나더니 뭐라 그랬는지 기억나?"

"당장 가 보자."

"그날 집에도 못 들어가고 영철 선배랑 나랑 결국 해남까지 끌려갔잖아. 셋 다 주머니에 동전 잔뜩 바꿔 넣고선. 그게 보통 사람이 할 짓이냐."

"그게 뭐 별거라고. 다들 재밌어했으면서……."

"한두 개가 아니니까 문제지. 2학년 땐가, 엠티 갔다가 산에서 라면 끓여 먹은 거 기억나지? 그때 나무에서 벌레가 냄비 속으로 뚝 떨어져 가지고……."

그날 다른 여자애들은 소리소리 지르며 라면엔 손도 대지 않았다.

"냄비 속에 손 넣어서 벌레 끄집어낸 게 너잖아. 결국 라면도 혼자 다 먹고. 지금 생각하면 그냥 드러운 거였는데 그땐 눈에 뭐가 씌었는지."

남편은 나에게 '더럽다'는 말을 자주 한다. 그릇에 밥풀이나 고춧가루가 묻어 있거나 소파에 흘려 놓은 과자 부스러기가 보일 때, 그리고 침대 위에 올려져 있는 내 발바닥을 들여다보면서도 그런 표현을 썼다. 식탁에 앉아 숟가락이나 물컵을 들어 요리조리 살펴본 다음 물을 따라 마시거나 밥을 먹기도 했다. 그럴 때마다 나는 "유별 좀 떨지 마!"라며 짜증을 냈고 남편은 별것도 아닌 일에 버럭 소리부터 지른다며 구시렁댔다.

"엄마가 그러는데 내가 할머니를 쏙 빼닮았대."

예전에 한번은 엄마가 그런 말을 한 적이 있다. 네 할머니는 죽어라 해 줘 놓고도 입으로 다 까먹는 사람이라고. 그래서 할아버지도 결국 딴 여자한테 가 버린 거라고 말이다. 엄마가 중학교 다닐 무렵, 국밥집을 하는 동네 과부에게 돈을 빌려줬던 할머니는 혹시라도 그 돈을 떼먹고 야반도주라도 할까 봐 할아버지를 그 집에 보내 식당 일을 돕게 했다. 할머니와 달리 성격이 곰살맞고 애교가 많던 그 여자는 빌린 돈을 갚는 대신 할아버지를 데려갔다. 엄마가 할아버지였어도 할머니 같은 성격과는 못 살았을 거라며 혀를 찼다. 그럼 나는 외할머니의 유전자를 물려받은 걸까. 가끔은 지나치게 화를 내고 남들이 이해하지 못할 짓이나 하는……. 그러고 보니 할머니 집 그릇에도 고춧가루나 딱딱한 밥풀이 묻어 있곤 했다.

남편은 조금 취한 듯 말이 많아졌다.

"결혼하고 우리 처음 싸웠을 때 기억나? 다음 날 내가 강원도로 출장 갔는데 택시 타고 거기까지 따라왔잖아. 부부 싸움했다고 남편 일하는 데까지 쫓아와 따지는 게 말이 돼? 네 뜻대로 안 되면 못 참고 결국 끝까지 물고 늘어지는 거. 지금 와서 말이지만 그거 정상 아니야."

가끔 나는 극도로 예민해진다. 뭔가가 틀어지면 견디기 힘들 뿐 아니라 잠시도 그 생각을 떨쳐 내기 어려웠다. 엄청난 재앙이 닥친 것처럼 불안감이 점점 부풀어 오르다 급기야는 펑 하고 터져 버렸다. 나에겐 부부 싸움도 그랬다. 참고 기다렸다가 나중에 얘기하면 된다고는 생각을 하지 못했다. 남편은 이런 내 성격에 완전 질려 버렸던 거다.

네 번째 진료를 받으러 간 날, 의사에게 물었다.

"현대 의학으로는 고칠 수 없는 병인가요?"

"치료의 목적이 '완치'가 아니라 '완화'라고 보시면 됩니다."

"그럼 병원엔 왜 다녀야 하죠?"

"일단은 원할 경우 약 처방을 받을 수 있고 심리적 안정감과 행동 교정, 그러니까 일상에서 남들과 겪는 갈등 같은 것을 의식적으로 줄여 나갈 수 있는 피드백도 받고, 좀 더 솔직히 얘기하자면 짜증 나고 답답한 거 털어놓고 나면 시원하잖아요. 그런 효과도 있으니까요. 사실, 이게 병원 온다고 완전 180도 달라지고 그런 건 아닙니다. 약으로 고칠 수 있었다면 제 아들놈도 벌써 고쳤겠죠. 아, 전에 한 번 본 적 있잖습니까. 저기 밖에 앉아 있던 친구."

"선생님은 이쪽 분야 전문가시잖아요."

"그렇게 따지면 내과 의사가 간암으로 왜 죽겠습니까. 의사라고 아픈 거 다 고치고 그런 거 아닙니다. 저도 아들놈 때문에 안 해 본 게 없어요. 약 먹이다 틱이 심하게 와서 그거 고친다고 또 별짓 다

하고. 의사인 내가 무허가로 기 치료하는 사람한테까지 데려가 봤다면 믿겠습니까. 한번은 제 아내가, 죽은 사람도 살려냈다는 어떤 목사한테 애를 데려갔는데 한 겨울에 욕조에다 성수라는 걸 부어 놓고 애를 담갔다 꺼냈다……. 암튼 그 뒤로 우리 애가 물만 보면 새파랗게 질려 오줌을 질질 쌌다니까요."

"의사가 환자한테 그런 무책임한 말하면 안 되죠."

"희망 고문 같은 게 더 나쁜 겁니다. 이 약 먹으면 낫는다, 고칠 수 있으니까 우리 한번 노력해 보자, 이런 말이 더 무책임할 수도 있는 거잖습니까. 그런다고 낫는 게 아니라는 걸 뻔히 아는데 어떻게 그런 말을 할 수 있겠어요. 본인이 원하면 뇌를 각성시키는 콘서타나 메타데이트 같은 걸 처방해 드릴 수 있지만 그걸 먹는다고 마법처럼 사람이 확 달라지고 그러진 않습니다. 틱이나 우울증 같은 부작용이 생길 수도 있고 말입니다."

"그래도 일단은 뭐라도 해 보는 게……."

"물론, 치료를 받는 게 도움이 되긴 합니다. 문제가 뭐라는 걸 분명히 알고 나면 막연하게 불안하고 힘든 게 줄어들 수 있으니까요. 그게 제일 중요한 거 아니겠습니까. 그리고 주변 사람들에게 자신의 문제에 대해 솔직히 이야기하고 도움을 받는 것도 나름은 필요하겠죠."

"단체 문자라도 뿌리라는 건가요?"

"오픈하는 게 도움이 된다는 뜻입니다. 여기 오는 환자 중에 투레트 증후군을 가진 친구가 있어요. 본인의 의지와 상관없이 반복적인 근육 틱과 음성 틱을 동반하게 되는 질병이죠. 근데 골치 아프게도 욕을 합니다. 중학생 때 병원에서 진단받고 약을 먹던 중에 틱 증상이 나타난 거죠. 학교에서도 길을 걷다가도 불쑥불쑥 욕을 해대니 얼마나 많은 오해를 받았겠습니까. 애들한테 발길질도 당하고 길거리에서 아줌마한테 뺨을 맞은 적도 있었대요. 한번은 건널목에 서 있다가 '거지 같은 새끼!'라는 욕이 튀어나왔는데 곁에 있던 아저씨가 갑자기 소주병으로 자기 머리를 내리쳤답니다. 노숙자였던 모양이에요. 아무튼 이게 긴장하거나 스트레스를 받으면 더 심하게 튀어나와요. 딸꾹질처럼 말입니다. 이렇게 살다 간 맞아 죽겠다 싶어서 하루는 아침 조례 시간에 교탁 앞으로 튀어 나갔대요. 그리고 선생님과 친구들 앞에서 자기가 어떤 병을 앓고 있는지 말했다는 겁니다. '너희들도 알겠지만 나한테는 문제가 있어.

투레트 증후군이라는 병을 앓고 있거든. 그래서 나도 모르게 욕이 튀어나와. 내가 하고 싶어서 하는 게 아니니…… 개새끼! 씹새끼! 그러니까 너희들이 오해하지 말고 나를 좀 도와줬으면 좋겠어.' 그리고 담임을 보며 이렇게 말했답니다. '선생님도…… 씨팔놈아!'"

"그럼 그 친구는 아직도……."

"지금은 그래도 많이 좋아졌어요. 이게 딱히 치료법은 없지만 나이가 들면서 저절로 호전되기도 하니까요. 지난번엔 병원에 여자 친구도 데려왔더라고요. 어떻게 사귀게 됐냐고 물었더니 여자애가 그러는 거예요. 자기한테 자꾸 윙크하길래 몇 번 만나 줬는데 알고 보니 그게 틱이었다고. 하하하."

진료실을 나와 처방전을 받기 위해 데스크로 갔다. 들어올 땐 보지 못했는데 까만 안경테를 쓴 유두봉의 아들이 핸드폰을 들여다보며 낄낄대며 웃고 있었다. 왠지 이대로는 집에 들어가기 싫었다. 뭔가 '하자 있는 뇌'를 가진 인간과 얘기하고 싶다는 생각이 들었다.

"어디 가서 나랑 떡볶이라도 먹을래요?"

"저랑요? 왜요?"

"그냥, 배도 고프고 그래서."

"음, 기타 치러 가기 전에 시간 좀 있으니까 뭐."

아이는 떡볶이 말고 치킨을 먹자며 병원 근처에 있는 치킨집으로 나를 데려갔다.

"이모, 여기 치킨 반반이랑 오백 두 잔이요!"

"아직 학생인데 술 마셔도 되나?"

"열아홉 살이라 괜찮아요. 아빠하고도 여기서 가끔 마셔요. 이모도 다 아는데요, 뭐."

치킨집 사장은 오백 두 잔과 뻥튀기 한 접시를 내왔다.

"지금 4시밖에 안 됐는데 학교가 벌써 끝났어요?"

"대안학교 다녀요. 재작년에 자퇴하고 일 년쯤 쉬다 학교 옮겼는데 억지로 공부 같은 거 안 시키고 기타도 칠 수 있고 그래서 그냥 다녀요. 어차피 대학 갈 생각은 없으니까."

아이는 거침없이 말하고 뻥튀기를 우걱우걱 씹어 대며 맥주를 마셨다.

"저희 아빠 원래 큰 병원에 있었는데 저 땜에 여기 온 거예요. 예전에 제가 사고를 좀 크게 쳐 가지고."

"무슨 사고?"

탁자 위에 아이가 흘려 놓은 뻥튀기를 포크로 콕콕 찍으며 물었다.

"뉴스에도 나왔는데, 중학생이 차 몰고 나왔다가 사고 낸 거. 암튼 그랬어요. 근데 지금이 더 속 편하대요. 병원 문도 손님 있으면 열고 없으면 닫고."

치킨이 나오자 아이는 닭 다리부터 얼른 집었다.

"근데 아줌마도 그거예요? 아까 처방전 보니까, 아 뜨거!"

"주의력 결핍 우세형. 학생은 과잉 행동 쪽이지?"

"둘 다예요. 과잉 행동에 주의력 결핍, 거기다 분노 조절도 잘 안되고."

"나도 뭐 가끔은……."

"아줌마는 지능 점수가 얼마로 나왔어요? 저는 94거든요. 바보는 아닌데 그렇다고 정상도 아니고 애매해요. 이게 아이큐가 높게 나오면 창의력이 뛰어나고 활동적이다, 뭐 그런 쪽으로 봐주는데 지능이 떨어지면 그냥 장애인 취급 받거든요. 아, 그리고 말 놔요.

저보다 나이 많잖아요."

남아 있는 닭 다리 하나를 마저 집으려다 슬쩍 내 눈치를 보더니 이번엔 날개를 가져갔다.

"제가 어려서부터 레고를 엄청 좋아했어요. 그거 사는 데만도 몇천만 원 썼을 걸요. 그런 거 보면 또 바보는 아닌데 학교 다닐 때 수학 점수는 거의 빵점이었거든요. 숫자만 보면 속이 막 울렁거리고. 크크."

"나도 수학 싫어하는데, 음악이나 체육도 잘 못하고."

"그나마 체육 시간이 제일 좋았어요. 나가서 막 뛰어다닐 수 있잖아요. 수업 시간에 책상 밑에 기어들어 가 있거나 돌아다니면서 애들 건드리고 막 그러니까 선생님이 엄마 불러다 그랬대요. 교실 밖에서 내가 어떻게 하는지 좀 보고 있으라고. 그때 엄마 표정이 복도에서 벌 받는 아이 같았어요. 나보고 계속 '앉아, 좀 앉아 있어.' 그러는데 꼭 울 거 같더라고요. 크크."

아이는 맥주 한 잔을 더 시키고 치킨을 뜯으며 다리를 덜덜 떨었다.

"근데 아줌마는 무슨 일해요?"

"애들 가르쳐. 대안학굔데 아, 태식이도 대안학교 다닌다고 했지. 우리 애들은 장애가 있는 친구들이라, 그래도 열심히 배우고 다들 착해."

"에이, 착한 게 아니라 머리를 굴릴 줄 모르는 거겠죠. 원래 걔들이 그래요. 머리가 모자라서 못 굴리는 건데 그걸 착하다고 말하는 거잖아요. 듣기 좋으라고."

"착한 거는 그냥 착한 거야. 모자란 게 아니고."

"그게 그거예요. 저희 엄마도 사람들한테 맨날 그랬어요. 우리 애가 그래도 착하긴 하다고."

손에 묻은 양념을 쪽쪽 빨아먹으며 태식이가 말했다.

"엄마는 지금 통영에 가 있어요. 거기가 고향이거든요. 통영 가 봤어요? 저도 외할머니 살아 계실 땐 가끔 갔었는데……. 이모, 여기 맥주 하나 더요!"

이제 그만 마시라며, 아버지 알면 혼난다고 치킨집 사장은 콜라를 꺼내 왔다.

"엄마는 동생하고 거기서 살아요. 걔가 절 음청 싫어하거든요. 어릴 때 좀 많이 때렸는데 사실 미안하긴 하죠. 밖에서 당한 거 집에 와서 분풀이하고 그랬으니까. 그래도 걔는 정상이라 다행이에요. 걔까지 그랬으면 우리 엄마 벌써 죽었을걸요."

"아까 병원에서 잠시 듣긴 했어, 많이 힘들었다고."

"저 땜에 엄마하고 아빠, 둘이서 맨날 싸웠어요. 아빠는 저한테 약을 계속 먹이자 그러고 엄마는 시골 분교 있잖아요. 거기 데려다 놓으면 좀 나아질 거라고 시골 가서 살자 그러고. 몇 살 때더라, 암튼. 기 치료받는다고 토요일마다 강원도 화천에 있는 무슨 절에 다녔었거든요. 몸에 기를 뚫어 줘야 애가 낫는다 그러면서. 막힌 변기도 아니고 뚫긴 뭘 뚫어 준다고 참. 그때도, 차 속에서 둘이 엄청 싸웠어요. 그래서 한 번은 달리는 차에서 창문을 열고 밖에다 레고 상자를 던져 버린 적도 있어요. 뒤차들이 빵빵 클랙슨 울리고 난리가 났었죠. 크크. 엄마는 아빠 탓을 하고 아빠는 엄마 탓을 하고, 그래도 재작년까지는 다 함께 살았는데……."

치킨집의 주황색 백열등 때문인지 태식이의 눈가가 발개져 보였다.

집에 돌아오는 길에 미영이에게 전화했다. 술기운 때문인지 눈물부터 터져 나왔다.

"왜 그래? 너 뭔 일 있어?"

"아니야, 그냥 목소리가 듣고 싶어서 전화했어."

"말해 봐. 너 규진 씨하고 또 싸웠구나."

"그런 거 아냐. 근데 미영아, 나……."

"그래, 너 뭐?"

"문제가 많대. 내가 문제가 아주 많은 인간이래, 병원에서."

"병원? 뭐야 너, 암이래?"

"암보다 더 무서운 거. 고칠 수도 없는 거……."

"그런 게 어딨어? 너 설마…… 에이즈야!"

"말해 봐 미영아, 내가 그렇게 이상한 인간이야?"

"도대체 왜 그러는 건데 갑자기."

"니 눈에도 내가 눈치 없고 남들 힘든 거도 모르고 막 그래?"

"새삼스럽긴……. 너 이상한 거 이제 알았냐!"

다섯 번째로 '유두봉 정신 건강 의원'를 찾아갔을 땐 내 또래로 보이는 여자가 데스크에 앉아 있었다. 새로 뽑은 직원인 듯했다.

차분한 인상의 그 여자는 친절하게 웃지도 그렇다고 무뚝뚝하지도 않은 얼굴로 접수를 받았다. 진료 대기실 소파에는 열댓 살 정도로 보이는 남자아이와 엄마로 보이는 여자가 앉아 있었다. 심심하다고 짜증을 내며 핸드폰을 달라고 떼쓰는 아이에게 여자가 화를 내며 말했다.

"제발 좀! 오늘 게임 세 시간이나 했잖아. 약속 안 지키면 앞으론 핸드폰 금지야."

아이는 대기실에 있는 레고 박스를 꺼내 좌르르 바닥에다 엎어 버렸다.

지난번, 치킨집을 나오기 전에 태식이가 가방에서 노트 한 권을 꺼내 보여 줬다.

"얼마 전에 안방 서랍 뒤지다 발견했거든요."

거기엔 이런 글들이 적혀 있었다.

'아이는 들어가는 데마다 소리를 지르고 온 진열장에 물건을 뒤집어엎어 엉망진창으로 만든다. 너무 창피하고 부끄러워 죽고 싶다.'

'주변의 모든 것에 무심하다가 한순간 어느 하나에 목숨을 걸고

달려든다. 제 뜻대로 안 되면 세상이 무너져라 발악한다.'

'쓸데없는 말을 끝도 없이 반복하고 노래도 똑같은 구절만 계속 해서 부른다. 때론 그 소리가 날 미치게 한다.'

'스스로 기진맥진해서 나가떨어지지 않는 이상 다른 방법이 없다. 차분히 앉아 있을 수도 없고 조용히 논다는 것 자체가 불가능한 아이다.'

'구석구석 쑤시고 다니며 다른 사람의 신경까지 쑤셔놓는다. 정말 지긋지긋하다…….'

그리고 노트의 마지막 페이지에는 이런 글이 적혀 있었다.

'나는 나쁜 엄마다. 모두가 다 내 탓 같다.'

그 노트를 읽으며 자신이 마치 악마처럼 느껴졌다고 태식이가 말했다.

"오늘은 태식이가 안 보이네요."

"어, 우리 아들 이름도 아시네. 지난번에 치킨 같이 먹었다는 말은 들었습니다."

"우린 동지잖아요, ADHD를 가진."

"하하, 그렇긴 하네요. 직원을 새로 뽑아서 이젠 안 나와도 된다고 했습니다. 오늘은 홍대 쪽에 기타 연습하러 갔어요. 다음 달에 학교에서 공연이 있대요. 학원 다니면서 알게 된 형인데 기타 치는 거도 봐주고, 가끔은 그 친구가 여기로 오기도 합니다."

우울증과 공황 장애가 있다고 했다. 예술 하는 사람들이 원래 좀 예민하지 않냐, 태식이는 말이 너무 많고 그 친구는 웬만해선 입을 열지 않는다, 그래도 다행인 건 태식이가 요즘 많이 밝아졌다, 한동안은 집 안에만 처박혀 있었는데 하고 싶은 게 생겨서 그런지 밖으로 나다니는 시간이 늘었다고 했다.

"하고 싶은 게 뭔데요?"

"저 같은 애들한테 기타를 가르쳐 보고 싶대요. 자기는 다 이해하니까 잘할 수 있을 거라나. 그래서 열심히 해 보라고 했어요. 워낙 변덕이 심해서 언제 또 생각이 바뀔지 모르겠지만."

"그 나이 땐 변덕 심한 게 정상 아닌가요?"

"하긴 뭐, 저도 그러긴 했네요. 하하. 지난번에 처방해 드린 약 먹어 보니 어때요? 처음엔 속도 좀 매슥거리고 밥맛도 없고 그럴 수 있긴 한데."

“이틀 정도 먹다가 그만뒀어요.”

“에이, 그럼 안 되는데. 뭐든 꾸준히 해야…….”

“내 문제가 뭔지 알고 나니까 안 보이던 게 조금씩 보여요. 학교에서 아이들을 대할 때도 집안일을 할 때도 생각을 하게 되더라고요. 이거저거 순서 없이 막 그러지 않으려고 노력도 하고. 예전엔 빨래 개다 말고 시장 보러 가고, 청소기 돌리다 영화 보러 가고 그랬거든요. 저녁에 삼겹살을 구워 먹어야지, 생각하고 나갔다가 매운탕 거리를 사 온다든지. 근데 요즘은 머릿속으로 생각해요. 빨래를 다 개고 서랍에다 집어넣은 다음 시장을 보러 간다. 시장에 가면 이것저것 사지 않고 처음 메모해 간 것들을 빠짐없이 사 온다. 집에 들어와서 시장 본 걸 냉장고에 정리한 다음 비닐봉지를 개어 서랍에 넣는다.”

학교에서도 다른 선생님들에게 말했다. 나에게 이런 문제가 있으니 혹시라도 규칙을 깨는 행동을 하면 바로 말해 달라고. 며칠 전에 철구하고 부딪힐 뻔했을 때도 영준 샘이 심호흡하라는 신호를 보내 준 덕분에 멈출 수 있었다. 이런 노력을 해 본 다음에 그래도 안 되면 그땐 약을 먹겠다고 했다.

"제 환자 중에 한 분이 얼마 전에 책을 냈다고 보내왔어요. 콘서타 52mg을 매일 꾸준히 복용하던 사람인데 하루는 약 먹는 것도 너무 지겹다는 생각이 들더랍니다. 그래서 쓰레기통에 약을 다 갖다 버리고 자기가 살아온 얘기를 쓰기 시작했대요. 한 달 동안 꼼짝 않고 들어앉아 이걸 썼다는데……."

의사가 건네준 책에는 《비정상에 관하여》라고 적혀 있었다. 책갈피가 꽂혀 있는 페이지를 펼쳐 형광펜으로 밑줄이 그어져 있는 부분을 읽었다.

다른 사람과 다르다는 건 '불행의 씨앗'을 몸속에 품고 사는 것과 같다. 하루 종일 더러운 구정물 속에 들어앉아 있는 기분이었다. 모두가 나를 비난하고 무시하는 것처럼 느껴졌다. 내 탓이 아니라고 말해 주는 사람은 아무도 없었다. 행복하게 사는 법도, 희망을 품는 것도, 좀 더 나은 내일을 꿈꾸는 것도 내 것은 아니었다. 하루를 북북 찢어 쓰레기통에 버리는 것 말고는 아무것도 할 수 있는 게 없었다.

……

구겨진 종이처럼 웅크리고 앉아 나 자신을 미워하는 것도 지겨워질 무렵, 문득 그런 생각이 들었다. 남들이 조언이랍시고 던지는 비난, 열심히 살아 보라는 다그침, 억지 열정 따위는 나 같은 사람의 얼마 남아 있지 않은 인내심마저 좀먹는다. 더 이상은 행복을 정의하거나 흉내 내지 말자. 10년 뒤에 어떻게 되자가 아니라 지금 당장 할 수 있는 티끌 같은 것들을 찾아내고 작은 성취감을 맛보자. 내가 나에게 잘했다고, 해냈다고, 칭찬하며 기뻐해 주자. 내일이 되면 또 하루, 내가 행복해질 수 있는 것들을 찾아보자. 남들이 뭐라 하든 상관하지 말고 딱 오늘 하루만큼은 '나답게' 살아 보자.

친구 미영이도 언젠가 내게 이런 비슷한 말을 했다.

하루치의 기쁨, 하루치의 시련, 그렇게 살아야 중심을 잃지 않고 흩어지지 않을 수 있다고, 어차피 인간은 딱 하루치씩밖에 못 사는 거라고. 내가 가지지 못한 것을 꿈꾸며 일상을 쥐어짜다 보면 하루가 무너져 버린다고 했다. 강하다는 건 어쩌면 하루치만큼 중심을 지키는 일인지도 모른다. 내가 나를 다독이는 것도, 다른 누군가를 돕는 것도 하루치에 불과하다. 길고양이에게 하루치 밥을 주거나 내가 만나는 사람들에게 하루치의 위로를 건네는, 그렇게 딱 하루치만 보태며 살면 된다. 어떤 날은 실패하고 어떤 날은 충만하겠지만 늘 새롭게 하루치를 리셋하며 살 수 있으면 그걸로 된 거다.

"이번 주말엔 통영에 다녀오자고 그러네요."

조금 전, 태식에게서 온 문자를 보며 의사가 말했다. 닫혀 있던 진료실 창문을 활짝 열자, 유리창에 기대 서 있던 봄 햇살이 노란 민들레처럼 안으로 쏟아져 들어왔다.

매주 금요일은 아이들이 바리스타 수업을 받기 위해 장애인 복지관에 가는 날이다. 저만치 앞서 뛰어가는 철구를 미애 샘이 종종걸음으로 쫓아가고, 지우는 어디서 튀어나올지 모르는 개 때문에 내 곁에 바싹 붙어 서서 걷고 있다. 귀에다 이어폰을 끼고 있는 예진이는 요즘 아이유가 나오는 드라마에 푹 빠져 있다. 들어 보나마나 아이유의 '마음을 드려요'가 무한 반복되고 있을 거였다. 노래처럼 늘 뭔가에 최선을 다해 마음을 주는 아이, 카카오톡 대문 사진도 아이유였다. 복지관에 새로 오신 바리스타 선생님에게 드릴 초콜릿 봉투를 가슴에 안고 있는 민정이는 어제 엄마 카드를 들고 나가 미용실에서 신부 화장을 하고 들어왔다고 했다. 그리고 주말에는 신혼집을 보러 갈 생각이라고, 어쩌면 가을쯤엔 바리스타 선생님과 결혼하게 될지도 모른다며 깔깔 웃었다.

예전에 한번, 민정이가 내게 이런 질문을 한 적이 있다.

"도대체 정상이라는 게 뭐예요, 샘?"

누군가 뒤에서 수군거리는 소리를 들었다고 했다.

"쟤, 정상이 아닌가 봐……."

그때 내가 뭐라고 대답해 주었는지 생각나진 않지만 지금 민정이는 묻지도 따지지도 않고 5월의 신부처럼 행복해 보인다. 눈처럼 흩날리는 벚꽃 나무 아래로 우리 아이들이 춤을 추듯 걸어가고 있었다.

죽은
고양이를
태우다

"오늘 할 일을 내일로 미루면 되냐 안 되냐!"

"안 됩니다, 행님!"

"어떤 일이 있어도 오늘은 무조건 끝내고 돌아온다."

"네! 알겠습니다, 행님!"

"다들 정신 똑바로 차리고, 알았냐!"

그때까지만 해도 달수는 자신에게 오늘 무슨 일이 일어날지 전혀 몰랐다.

대봉동 제4주택 재개발 지역, 5층짜리 상가 건물에 거머리처럼 달라붙어 있는 놈들을 몰아내고 철거반을 투입하는 일까지 순탄하게 마치고 돌아올 수 있으리라 생각했다. 예상보다 일이 늦어지고 있어 큰형님도 조바심이 나 있는 상황이었다. 나름 경쟁이 치열한 이 바닥에서 밀려나지 않으려면, 그리고 다음번 철거 오더까지 따내기 위해선 기한 내에 일을 끝마쳐야 한다. 그러므로 오늘만큼은 사람이고 건물이고 다 때려 부수는 한이 있어도 끝장을 보리라 굳게 다짐했다. 조금 서두르면 해지기 전에 일을 마무리 지을 수 있겠다고 생각하며 달수는 운전대를 잡은 용필이를 다그쳤다.

"도로 연수 나왔냐, 밟아 새꺄!"

"네, 행님!"

주택가를 빠져나와 잠시 속도가 붙는다 싶더니 큰길 도로 쪽으로 코너를 도는 순간 차 안에 타고 있던 사람들의 몸이 일제히 앞으로 쏠렸다.

"끼이이이익……!"

달수가 놀란 눈으로 용필을 바라봤다.

"씨발, 뭐야?"

"방금 제가 뭔가를 친 거 같습니다. 행님……."

차 앞으로는 아무것도 보이지 않았다. 사람이 부딪혔다면 앞자리에 앉았던 달수가 보지 못했을 리 없다. 도대체 뭘 쳤다는 거야?

뒷좌석 왼쪽 창가에 앉았던 칠복이가 먼저 차에서 내리고 그다음으로 봉구와 만석이도 따라 내렸다.

"뭐야, 아무것도 없잖아!"

마지막으로 내린 달수가 차 앞쪽을 두리번거리며 말했다.

"아무것도 없는 건 아닌 것 같습니다, 행님."

쪼그려 앉아 차 밑을 들여다보고 있던 칠복이의 말에 달수는 심장이 덜컹했다.

혹시, 어린애? 사람을 친 거라면 여간 골치 아픈 상황이 아니었다. 지난달, 음주 단속에 걸려 용필이는 면허가 정지된 상태였고 나머지 세 놈은 아예 운전을 못 하니 결국 바꿔치기해 줄 사람은 달수뿐이었다. 바닥에 엎드려 차 밑을 들여다보는 달수의 눈에도 뭔가가 보이긴 했다.

"저…… 저게 뭐냐?"

"아무래도 고양이인 거 같습니다, 행님."

"와, 돌아버리겠네! 지금 고양이 새끼 하나 쳤다고 이 지랄들인 거냐?"

제일 나이가 어린 봉구가 울상이 되어 말했다.

"아직 살아 있는 거 같은데, 꼬리를 움직여요."

"야, 그럼 차 빼. 저쪽에다 꺼내 놓고 가면 될 거 아냐!"

"그럼 죽을 텐데…… 동물 병원에라도 데려가야 하는데……."

이번에도 봉구였다.

"죽고 싶냐? 오늘 할 일이 얼마나 많은데!"

그나마 사람이 아닌 게 다행이라 생각하며 달수는 담배를 꺼내 물었다. 사람을 친 것도 아니고 기껏 고양이 한 마리 쳤다고 해서 문제 될 건 없었다. 그렇다고는 해도 달수는 왠지 담배 맛이 썼다.

"그런데 행님, 길고양이가 아닌 거 같습니다. 애가 깨끗하고 예쁜데요."

"뭔 소리야?"

"여자친구가 고양이를 두 마리나 키우고 있어서 제가 쫌 아는데 말입니다."

만석이 말로는 차 밑에 들어가 있는 저 고양이는 '페르시안'이라는 종이며 털의 상태로 봐서는 관리를 잘 받고 자란 집고양이인 거 같다고 했다.

"근데 왜 여기 길바닥에 나와 처자빠져 있어?"

"그건 잘 모르겠지만 예전에 한 번, 여자친구가 환기하려고 문을 잠시 열어 놨다 고양이가 집 밖으로 나가는 바람에 난리 난 적이 있지 말입니다."

"야! 일단 끄집어내. 살았는지 죽었는지 보고 죽었으면 저기 풀밭 쪽에 던져 놓고 살았으면……."

살았으면 어찌해야 하나. 아무래도 오늘은 일진이 더러울 모양이었다. 달수는 침을 퉤, 뱉으며 봉고차에 애들을 태워 먼저 출발한 종필이에게 전화했다. 조금 늦을 수 있으니 사무실에서 지시한 대로 그냥 싹 다 밀어 버리라고 말한 뒤 전화를 끊었다.

엉덩이골이 다 드러나도록 납작 쭈그려 앉은 봉구가 차 밑에서 조심스럽게 고양이를 꺼냈다. 만석이 말대로 고양이는 깨끗하고 예뻤다.

"살아 있냐?"

"살아 있긴 한데 상태가 영 안 좋아 보여요……."

봉구가 울먹이며 말했다.

달수는 첨부터 저 새끼가 맘에 안 들었다. 이쪽 일하고는 맞지 않는다고 그렇게 말씀드렸는데도 큰형님의 부탁이라 거절할 수 없었다. 지금은 이 세상 사람이 아니지만 젊은 시절, 봉구 아버지에게 큰 빚을 진 적이 있다고 했다. 그렇다고는 해도 깡이라고는 새우깡밖에 모르는 저런 놈한테 도대체 뭘 가르치라는 건지 달수는 짜증이 났다.

"그래서 어쩌라고, 우리가 지금 어, 고양이 새끼 한 마리 땜에 어!"

"일단 아무 동물 병원에나 던져 놓고 내빼 버리면 되지 않겠습니까, 행님."

"그랬다가 나중에 주인이라도 나타나서 CCTV 같은 거 뒤져 보고 고소한다, 어쩐다 이러면 골치 아파질 거 아냐!"

봉구 가슴에 안겨 있는 하얀 털 뭉치가 숨을 가쁘게 몰아쉬고 있었다. 겉으로 봐서는 멀쩡한데 상태로 봐서는 영 심상치 않았다.

"야, 일단 타. 가면서 생각하게."

고양이를 안고 엉거주춤 차에 올라타는 봉구를 보며 달수는 혀를 찼다. 큰형님의 당부도 있고 해서 어쩔 수 없이 달고 다니지만 뻑 하면 저렇게 울상을 짓고 지랄을 떠는 바람에 보통 신경이 쓰이는 게 아니었다. 봉구 하나쯤 있으나 없으나, 아니 없는 게 더 나은 놈이니 어디 한적한 동물 병원 앞에다 둘 다 떨궈 놓고 나머지는 현장으로 가면 된다. 죽든 살든 찜찜함은 남기지 않는 게 낫다 싶었다.

"너 때문에 이게 뭐냐고, 씨발놈아!"

달수는 운전대를 잡고 있는 용필이의 뒤통수를 한 대 갈겼다.

"행님이 밟으라 그러셔 가지고……."

"밟으라 그랬지 아무거나 막 치고 달리라 그랬냐!"

"잘못했습니다, 행님……."

차를 출발시키고 얼마 지나지 않아 고양이의 뒷다리가 뻣뻣하게 굳어지고 입에서는 진득하고 말간 액체와 거품이 흘러나왔다. 숨이 넘어갈 듯 마른 구역질을 해대던 고양이가 순간 조용해졌다. 입 밖으로 길게 늘어진 혀에 푸른빛이 돌았다. 눈을 뜨고 있었지만 움직임은 없었다. 봉구가 고양이 가슴에 귀를 대 보고 코에다 손바닥을 갖다 댔다.

"아, 어뜩해. 죽었나 봐요……."

봉구의 하얀 바지 위로 노란 물이 번지고 있었다.

"야, 이제 그만해. 똥오줌 나오면 끝난 거야."

곁에 앉아 있던 만석이가 봉구에게 물휴지를 뽑아 건네주며 말했다.

"하필이면 고양이를 쳐 가지고 찝찝하게……."

칠복이가 혀를 끗끗 찼다.

"야, 찝찝하긴 뭐가 찝찝해? 그깟 고양이 새끼 한 마리 가지고."

운전대를 잡고 있던 용필이가 백미러로 뒤를 흘끔거리며 말했다.

"그깟? 고양이 저주는 칠대(七代)를 간다는 말도 모르냐?"

"저주 같은 소리 하고 앉아 있네……."

"진짜라고! 내 눈으로 똑똑히 봤다니까."

"보긴 뭘 봐? 구라 까지 마, 새꺄!"

"내가 어렸을 때, 우리 동네 양아치 형들이 고양이 하나를 나무에 매달고 장난을 치다 죽여 버렸거덩. 그래서 어떻게 된 줄 아냐? 씨발, 다 죽었어. 오토바이 사고로 둘, 하나는 물놀이 갔다가 빠져 죽고 또 하나는 뭐였더라……. 암튼, 깡그리 다 죽었다니까!"

고양이는 영물이라 함부로 죽여서는 안 된다는 말을 달수도 어디선가 들은 것 같기도 했다. 거기다 칠복이의 말까지 듣고 보니 왠지 기분이 더 찜찜해졌다.

"야, 만석이. 일단 종필이한테 전화해서 현장 도착했는지 물어 봐라."

"네, 행님!"

휴대폰을 두 손으로 받쳐 들고 연신 고개를 끄덕이던 만석이가 전화를 끊으며 말했다.

"종필이 행님이 천천히 오셔도 될 거 같다고 그러는데 말입니다."

바리케이드까지 쳐 놓고 버티던 놈들이 웬일로 다 빠져나가고 여남은 정도만 남아 있다고 했다. 며칠 전, 건설 회사 쪽에서 사람을 보내 조합장과 떨거지 몇몇에게 뒷돈을 찔러 줬다고 하더니 그런대로 말이 잘된 모양이었다.

"아, 그래? 남아 있는 놈들은 그냥 다 끄집어내서 묻어 버리라고 해, 씨발 새끼들."

"싹 다 묻어 버리라고요?"

"말이 그렇다는 거지! 내가 갈 때까지 마무리 잘하고, 뒤탈 없게."

"그렇게 전하겠습니다, 행님!"

일이 대강 해결될 거 같다는 생각이 들자 달수도 마음이 조금 느긋해졌다.

코를 훌쩍이는 소리에 뒤를 돌아보니 봉구가 죽은 고양이를 쓰다듬으며 눈물을 훔치고 있었다. 남자 새끼가 이딴 일로 질질 짠다고 욕이라도 한 바가지 퍼부어 주고 싶었지만, 괜히 잘못 건드려 좋을 건 없었다. 큰형님이 따로 오피스텔까지 얻어 주며 챙기는 걸로 봐서 봉구 아버지와는 보통 인연이 아닌 듯했다. 조금 전까지 혓바닥을 늘어트리고 죽어 있던 고양이가 어느새 말끔한 얼굴로 봉구 가슴에 안겨 있었다. 얼핏 봐서는 잠든 것처럼 보이기도 했다.

달수는 조금 전, 칠복이가 한 말이 자꾸 마음에 걸렸다. 큰형님 때문이었다. 평소에 별것 아닌 일에도 미신을 들먹이며 가리는 게 많은 사람이었다. 거기다 여기저기 사업을 확장한 뒤로는 더더욱 유별을 떨며 부정 탈 만한 일을 멀리했다. 혹시라도 저 계집애 같은 놈이 입이라도 잘못 놀렸다간 달수에게 괜한 불똥이 튈 수도 있는 문제였다.

두어 달에 한 번, 달수는 큰형님을 모시고 용산에 다녀왔다. '신점 잘 보는 무당 언니'라고, 나름 그 바닥에서는 유명한 모양이었다. 일이 잘 풀리지 않거나 새로운 사업을 시작할 때면 늘 그곳에 가서 부적을 받아 오거나 고사를 지내곤 했다. 달수가 미신을 믿는 건 아니지만 죄 없는 고양이를 차로 치어 죽였다는 말이 큰형님 귀에 들어가서 좋을 건 없었다.

"야, 저기 갓길 쪽에다 차 좀 세워 봐라."

차에서 내린 달수는 휴대폰에 '무당 언니1'로 저장된 번호를 눌렀다.

지난겨울이었나, 달수는 점집 대기실에서 낯빛이 어두운 아줌마와 잠시 얘기를 나눈 적이 있었다. 자식처럼 키우던 개가 어느 날 갑자기 죽었는데 그 뒤로 꿈에 나타나 발에 피가 나도록 땅을 파헤친다는 거였다.

"도대체 왜 그러는지 이유를 모르겠다니까. 근데 소문에, 이곳 무당이 그쪽 방면에 신묘한 재주가 있다는 거야. 왜 있잖아, 애나멜인가 뭔가……."

그땐 웃고 말았지만 이런 일을 당하고 보니 무당에게 조언을 구해 보는 것도 나쁘지 않겠다 싶었다. 뒤처리를 깔끔하게 해 두는 것이 평소 달수의 스타일이기도 했다.

'지금은 전화를 받지 않습니다…….'

몇 번 더 걸어 봤지만 같은 말만 반복해서 흘러나왔다.

"개똥도 약에 쓰려면 없다더니!"

바닥에 가래침을 캭 뱉고 차 쪽으로 걸어가던 달수의 머리에 얼핏 뭔가가 스쳤다.

'동물이 죽으면 화장해 주는 곳이 있다고 뉴스에서 본 거 같은데.'

달수는 차에 올라타 뒷좌석 쪽을 돌아보며 말했다.

"야, 청승 그만 떨고 거 뭐냐, 그거나 검색해 봐."

"뭐 말입니까, 행님?"

봉구 대신 용필이가 물었다.

"거 있잖냐, 장례식장인가 뭔가."

"누가 죽었습니까, 행님?"

"아, 참 말 많네. 그러니까 거 뭐냐, 개나 고양이가 죽으면 화장해 주는데!"

"……."

차 안이 갑자기 조용해졌다. 달수가 헛기침을 몇 번 하자, 벌건 눈의 봉구가 말했다.

"저 알아요. 예전에 텔레비전에서 본 적 있어요."

"여기서 젤 가까운 데로 찾아봐. 후딱 해치우고 가게."

칠복이와 만석이가 휴대폰을 꺼내더니 서로 얼굴을 쳐다보며 작은 목소리로 말했다.

"뭐라고 검색하지? 개죽음……이라고 쳐야 하나?"

"고양이 죽으면 태우는데, 라고 쳐야 하지 않을까."

무식한 것들, 달수가 한마디 하려는데 봉구가 먼저 입을 열었다.

"반려동물 장례식장, 이렇게 치면 돼요."

고개를 끄덕이며 뭔가를 쳐 보던 만석이가, 이곳에서 20킬로쯤 떨어진 화성 쪽에 반려동물 장례식장이 있다고 했다.

'펫 메모리얼'은 도심에서 조금 떨어진 깊은 숲속에 자리하고 있었다. 위아래로 검은색 정장을 갖춰 입은 여자가 놀란 눈으로 잠시 주춤했다. 팔뚝과 목에 각종 문신을 새겨 넣은 양아치 같은 인상의 남자 넷과 노란 얼룩이 선명한 흰색 바지를 입고 있는 남자 하나가 죽은 고양이를 가슴에 안고 서 있었다. 그녀는 조금 떨어져 걸으며 상담실로 남자들을 안내했다.

"상심이 크시겠습니다. 아이가 너무 예쁘네요."

봉구의 가슴에 안겨 있는 고양이를 보며 여자가 안타까운 표정을 지었다.

"아이 몸무게가 몇 킬로그램 정도 나가는지……."

"우리 조카가 얘보다 조금 큰데 8킬로가 좀 넘거든요. 그러니까 대략 5, 6킬로그램 정도 나가지 않을까 싶은데."

칠복이가 대답했다.

"화장 비용이 5킬로그램 미만일 때 20만 원이라, 무게에 따라 비용이 추가될 수 있습니다."

"20만 원? 뭐가 그렇게 비싸!"

달수가 하고 싶은 말을 용필이가 대신 물었다.

"다른 곳에 비해 비싼 건 절대 아닙니다."

"장사 하루 이틀 할 것도 아니고, 10만 원에 쇼부 봅시다."

"그건 제 마음대로 깎아 드리고 그럴 수 있는 게 아니라서……."

"그럼, 15만 원!"

용필이는 더 이상 양보할 수 없다는 표정이었다.

"됐다, 고마해라. 뭐 어쨌거나 잘 좀 알아서 해 주시고……."

"걱정 안 하셔도 됩니다. 장례 과정은 보호자님이 처음부터 끝까지 참관하실 수 있으며 화장은 개별적으로 진행하고 있어 안심하셔도 됩니다."

"저희가 좀 바빠서 그러는데 시간이 대략 얼마 정도나 걸릴까요?"

달수가 손목에 차고 있는 누런 시계를 들여다보았다.

"염습과 화장까지, 대략 2시간 정도 생각하시면 됩니다."

"태우기 전에 연습을 한다고요?"

중학교를 중퇴한 용필이었다.

"연습이 아니라 염습, 그러니까 아이를 깨끗이 닦이고 수의를 입히는 과정이……."

돈 좀 쥐여 주고 돌아서면 끝이라 생각했는데 이게 생각보다 만만한 일이 아닌 모양이었다. 여자는 남자들 앞에 사진첩 하나를 펼쳐 놓았다.

"삼베로 되어 있는 기본 수의와 혼합 명주, 그리고 인견으로 만든 고급 수의까지 다양하게 갖춰져 있습니다. 겉싸개처럼 끈으로 간단히 묶을 수 있는 것부터 한복 모양으로 제대로 만든 수의까지, 한번들 보시고…….”

“와, 돌았네. 이걸 고양이한테 입힌다고? 그래서 뭐, 이건 또 얼맙니까!”

“가격은 8만 원부터 30만 원대까지 있습니다만.”

제일 앞에 나와 있는 누리끼리한 수의를 가리키며 만석이가 물었다.

“이건 얼마짜리죠?”

“가장 기본적인 수의로 10만 원입니다.”

“아니, 좀 전에 8만 원부터 있다고 하셨잖습니까?”

“됐다. 2만 원 차인데 좋은 걸로 해라.”

달수가 점잖은 목소리로 말했다.

“네, 행님. 그럼 이거로 해 주시고, 이제 됐습니까?”

여자는 손수건으로 콧등과 이마의 땀을 찍어 냈다.

“그럼 관은 어떤 걸로…….”

“아니, 요 쪼그만 걸 무슨 관에다 넣어. 숯불만 피워도 후딱 태우겠구먼!”

"기본, 기본으로 합시다."

달수는 이제 끝났지 싶어 자리를 털고 일어났다.

"마지막으로…… 유골함을 골라 주시면 되거든요."

점점 기어들어 가는 목소리로 여자가 말했다.

"고양이 한 마리 가지고 뭔 절차가 이렇게 까다롭고 지랄이야!"

"됐다, 조용히 해라."

용필이의 어깨를 지그시 누르며 달수는 다시 자리에 앉았다.

"그래도 이건 아니잖습니까, 행님. 아무리 장삿속이라도 그렇지, 이러다 애새끼 파묻을 땅까지 사라고 하겠습니다!"

굳어진 입꼬리를 억지로 밀어 올리며 여자가 말했다.

"납골당이 마련돼 있긴 합니다만 유골함에 넣어 가시는 분도 많으니까요."

어쨌거나 유골함까지 골라야 끝이 날 모양이었다.

"여기서 고르면 됩니까?"

달수는 앞에 놓인 사진첩을 뒤적였다.

자리에서 일어난 여자가 사무실 창가 쪽으로 놓여 있는 유리 진열장 속에서 뚜껑이 덮인 흰색 도자기와 나무를 깎아 만든 작은 상자 하나를 가져와 탁자 위에 올려놓았다.

"주로 이 두 가지를 많이 선호하십니다. 물론, 더 저렴한 것도 있긴 한데……."

도자기 유골함은 10만 원, 호두나무로 만든 수공예 유골함은 30만 원이라고 했다.

"와, 이젠 놀랍지도 않다. 씨발……."

삼겹살에 소주가 몇 병이야, 만석이가 조그맣게 중얼거렸다. 잠시 담배 한 대 피우고 오겠다며 용필이가 나가 버리자 칠복이도 슬그머니 따라 나갔다. 애들만 아니었다면 달수는 더 저렴한 걸로 보여 달라고, 아니 그딴 거 필요 없으니 대강 아무 데나 뿌려 달라고 말하고 싶었다. 그때까지 아무 말 없이 앉아만 있던 봉구가 입을 열었다.

"이걸로 할게요, 호두나무……."

순간 달수는 욕이 튀어나올 뻔했다. 하필이면 30만 원짜리를 고르고 지랄이야!

"제가 낼게요. 저 돈 있어요."

봉구는 얼마 전, 철거 현장에 다녀온 뒤로는 계속 울상이었다.

쪽방에 누워 있던 할머니와 어린 손자를 길거리에 내모는 모습을 보고 나서부터였다. 골목길에 쓰러져 악을 써 대던 할머니가 다짜고짜 달수의 멱살을 붙잡고 늘어졌다. "늬들은 애미 애비도 없냐! 이 개돼지만도 못한 놈들, 지옥불에 태워 죽여도 시원찮을 놈들아!" 그 모습을 보고 있던 봉구가 눈물 콧물로 범벅이 된 꼬마의 주머니에다 5만 원짜리 두 장을 찔러 주고 돌아서는 걸 달수는 보았다.

"됐어, 새꺄. 나무 상자, 이걸로 해 주시고. 그럼 이제 끝난 겁니까?"

"아, 네. 그리고 영정 사진으로 쓸 아이 사진을 여기로 보내 주시면 됩니다."

달수가 눈짓하자 만석이가 휴대폰으로 검색한 다음 그녀가 알려 준 번호로 비슷한 종의 고양이 사진 한 장을 골라 보냈다.

"그런데 참, 아이 이름이 뭐라고 하셨죠?"

오늘 처음 본 고양이의 이름을 달수가 알 리 없었다. 그렇다고 '야옹이'라고 할 수도 없는 노릇이었다. 잠시 고민하던 달수는 고양이의 이름을 '달님'이라고 말해 주었다. 쫑긋한 귀 사이로 밀크 커피색의 무늬가 있는 게, 처음 봤을 때부터 어딘지 모르게 우리 달님이를 닮았다는 생각이 들었다.

말은 안 했지만, 달수도 고양이를 키웠던 적이 있다. 중학교 때, 그러니까 달수가 집을 나와 서울로 올라오기 전이었다. 술에 취한 아버지가 집에 오는 길에 새끼 고양이 한 마리를 주워 와서는 "옜다, 니 동생이다." 그러며 던져 줬다. 심심하면 발로 차고 두들겨 패는 형 말고 예쁜 여동생이 하나 있으면 좋겠다 생각하던 달수였다. 엄마 품을 떠난 지 얼마 되어 보이지 않는 새끼 고양이에게 우유를 먹이고 이불 속에서 껴안고 잤다. 그리고 달수는 그 고양이에게 '달님'이라는 이름을 지어 주었다.

그러다 하루는, 기역자로 허리가 꼬부라진 뒷집 할매가 마당에서서 엄마에게 하는 소리를 들었다. "괭이를 삶아 먹으면 뼈에 조타든디." 삭신이 쑤셔 밤에 잠을 못 잔다고 투덜거렸다. 뒷집 할매에게 종종 돈을 꾸고 갚지 못한 아버지 때문에 엄마는 죄인처럼 늘 굽실거렸다. 그리고 얼마 안 있어 달님이가 사라졌다. 발정이 나서 집을 나간 거라며 그만 잊어버리라고 엄마는 말했지만, 달수는 믿지 않았다. 몇 날 며칠을 달님이를 찾아 동네를 헤매 다니면서도 차마 뒷집 할매 집에는 가 보지 못했다. 혹시라도 마당 한 켠에서 뭐라도 보게 될까 두려웠다. 달님이가 사라진 뒤로 달수는 삼계탕이나 오리백숙처럼, 푸욱 고아진 것들에서 발라 놓은 뼈들을 볼 때마다 왠지 가슴이 뻐근했다. 어떻게든 찾아내 뼈라도 묻어 줄걸, 후회가 되기도 했다. 저 고양이를 잃어버린 주인도 그때의 달수처럼 애타게 찾아 헤매고 있을 거였다. 그렇다고는 해도 이미 죽어버린 고양이를 돌려줄 수는 없는 노릇이다.

용필이와 칠복이가 담배를 피우며 서 있다 달수가 나오자 급하게 입을 다물었다. 지들끼리 욕이라도 하고 있던 모양이었다. 아무래도 행님이 머리가 어떻게 된 거 아니냐, 왜 갑자기 안 하던 짓을 하고 저러는지 모르겠다, 사람도 아니고 고양이 새끼를 장례 치렀다는 소문이라도 나 봐라, 딴 놈들이 우릴 뭐로 보겠느냐고 씨발! 같은 표정, 달수가 철거 현장에서 봉구를 쳐다보던 한심하고 짜증스러운 눈빛이었다.

담배를 꺼내 문 달수에게 만석이가 달려와 불을 붙여 주며 말했다.

"가끔 보면 행님은 참 낭만적인 데가 있지 말입니다."

머리를 단정하게 묶어 올린 여자가 깨끗한 수건이 여러 장 들어 있는 플라스틱 통을 곁에 가져다 놓고 머리부터 발끝까지 정성스럽게 고양이를 닦아 나갔다. 털을 가지런히 빗어 내리고 조그맣게 뭉친 솜을 고양이의 코와 귀, 항문에다 말아 넣었다. 그런 다음, 온몸을 하얀 종이로 한 번 감싸고 그 위에다 삼베로 된 수의를 입혔다. 그녀의 손길이 얼마나 섬세하고 예의 바른지, 돈값은 한다고 달수는 생각했다.

"이제 마지막 인사를 나누시길 바랍니다."

여자가 염습실을 나가고 나자 방에는 죽은 고양이와 다섯 명의 남자가 남겨졌다.

"얼떨결에 남의 부모 장례 치른다더니 어이가 없습니다, 행님."

조금 전까지 엄숙한 표정으로 고개를 숙이고 있던 용필이가 킥킥 웃었다.

"그러게나 말입니다. 오늘 아침까지만 해도 각목이나 신나게 휘두르다 올 줄 알았지. 이런 데 와서 고양이 장례를 치르게 될지 누가 알았냐고요, 크크크."

"칠복이, 용필이."

"네, 행님."

"니들이 죽었어. 저기 저렇게 누워 있어. 근데 어떤 놈이 장례식장에 와서 니들처럼 막 크크크 웃어. 그것도 널 차로 치어 죽인 놈이 웃고 지랄을 해. 그러면 기분이 어떨 거 같냐?"

"잘못했습니다, 행님……."

염습실을 나와 추모실로 갔다. 그곳에는 고양이의 영정 사진과 위패가 놓여 있었다. 이름도 모르는 고양이의 사진을 가져다 이름도 모르는 고양이의 장례식을 치르고 있다니, 달수도 살짝 우습다는 생각이 들긴 했다. 위패에는 '달님'이라고 적혀 있었다. 영정 사진 밑으로 수의를 입은 고양이와 하얀 솜을 군데군데 채우고 장미꽃 몇 송이로 치장한 관이 놓였다. 그리고 나무 제기에는 짜 먹는 요플레 비슷하게 생긴 간식과 말린 육포를 잘게 잘라 놓은 것처럼 보이는 봉지가 담겨 있었다. 향을 따로 피우거나 하지 않는 걸로 봐서 절은 안 해도 되는 모양이었다.

잠시 뒤, 상담실에서 본 여자가 추모실로 들어와 휴대폰으로 뭔가를 찍기 시작했다.

"뭐야, 왜 사진을 찍고 지랄……."

용필이와 칠복이가 그녀를 막아섰다.

이쪽 일을 하다 보면 누구에게든 사진 찍히는 것에 민감해진다. 한여름에도 마스크와 모자를 눌러 쓰고 현장에 가는 건 얼굴이 노출됨으로 인해 골치 아픈 일이 생기는 경우가 종종 있기 때문이다. 거기다 오늘처럼, 남의 고양이를 차로 치어 죽이고 뻔뻔스럽게 장례를 치르는 모습이 누군가에게 찍혀 좋을 건 없다. 달수는 사진을 지워 달라고 할 생각이었다.

"저희를 왜 찍으시는 겁니까?"

"아 그게, 추모 영상을 만들어 고객님 카톡으로 보내 드리거든요."

"안 보내 주셔도 되긴 하는데 그래도 꼭 보내야겠다면……."

달수는 곁에 서 있던 봉구에게 전화번호를 찍어 주라고 눈짓했다. 혹시라도 큰형님에게 증거 자료로 보여 드려야 될 수도 있으니 받아 두는 것도 나쁘지 않겠단 생각이 들었다.

추모의 시간을 마친 다음, 벽면에 있는 작은 유리창을 통해 고양이가 화장장으로 들어가는 모습을 지켜봤다. 회색 시멘트 바닥으로 된 한 평 남짓 화장로 위에 작은 관이 놓이고 철문이 굳게 닫혔다. 저 고양이가 몇 살인지는 모르겠지만 되도록 늙은 고양이었으면 좋겠다고 달수는 생각했다.

추모실 벽에는 포스트잇 메모지와 사진, 편지지에 깨알같이 적어 놓은 글들이 다닥다닥 붙어 있었다. 키우던 동물을 이곳에서 떠나보내며 아쉬운 마음들을 적어 놓은 모양이었다.

“헐, 이거 봐라. 햄스터하고 고슴도치도 있다.”

용필이에게 햄스터는 하얀 쥐새끼, 고슴도치는 가시 달린 쥐새끼일 뿐이었다.

“미치겠다 진짜, 토끼하고 앵무새도 있다니까.”

칠복이도 재미난다는 듯 작은 소리로 낄낄 웃었다.

봉구는 말없이 유리창 너머에 있는 화장로만 들여다보고 서 있었다.

“쉰 소리 그만하고 저기 탁자에 가서 한마디씩 써라.”

"뭘 말입니까, 행님"

"뭐긴 뭐야, 저기 써 붙여 놓은 것들 안 보이냐?"

"저건 쟤네들이 키웠던 애들이니까……."

달수는 주위를 살핀 다음, 복화술을 하듯 어금니를 물고 말했다.

"죽인 놈들이 최소한 양심은 있어야 할 거 아냐, 새끼들아!"

봉구가 제일 먼저 탁자로 가 앉았고 칠복이와 만석, 마지막으로 용필이가 펜을 잡았다. 뒷머리를 벅벅 긁으며 한참을 종이만 들여다보고 있던 만석이가 드디어 뭔가를 썼다.

'그래도 우리는 최선을 다했다. 그건 알아주길 바란다.'

그걸 본 칠복이도 따라 쓰기 시작했다.

'정말 미안하게 됐다. 원한 같은 거 품지 말고 부디 잘 가라!'

용필이는 뭔가를 썼다가 북북 지우고 다시 쓰기 시작했다.

'우리 엄마가 고양이를 엄청 좋아했다. 천국에 가면 김선녀 씨를 찾아보길 바란다.'

봉구는 분홍색 포스트잇에다 정성스럽게 글을 써 나갔다.

'다음번엔 꼭 사람으로 태어나서 건강하게 오래오래 살아라.'

자기가 쓴 것을 벽에다 붙이고 봉구는 화장실로, 나머지는 밖으로 몰려 나갔다.

위생복을 입은 남자가 고양이 뼈를 수습했다. 치킨 한 마리에서 나오는 뼈보다 적은 양이었다. 남자는 분골하기 전에 화장로에서 섞인 불순물을 손으로 일일이 솎아 내고 체에다 걸렀다. 새끼손가락 마디만 한 뼈들을 작은 절구에 넣고 쇠방망이로 서너 번 쿵쿵 찧어 호두나무 유골함에 담았다. 체에서 걸러 낸 고운 가루는 흰 종이에다 따로 싸서 건네주며 좋은 곳에다 뿌려 주라고 했다. 감귤색 보자기로 싼 유골함을 봉구가 가슴에 안았다. 달수는 그곳을 나오기 전, 세금까지 포함된 장례 비용 79만 원을 3개월 할부로 계산했다.

"와, 고양이 한 마리 태우는 데 몇 시간이 걸린 거냐."

투덜거리는 칠복이를 만석이가 팔꿈치로 툭 쳤다.

"이제 어디로 갑니까, 행님."

용필이가 물었다.

"일단 대봉동으로 가자. 어떻게 마무리됐는지 보고……."

그때 달수 휴대폰으로 전화가 걸려 왔다. 종필이었다.

"큰일 났습니다, 형님!"

상가 건물에 끝까지 남아 있던 남자 하나가 자기 몸에 시너를 붓고 불을 붙였다고 했다. 전화기 속에서 "독한 새끼, 흉악한 새끼……."라는 말들이 흘러나왔다. 시뻘겋게 변해 가는 달수의 얼굴을 용필이와 칠복이, 그리고 만석이가 멀뚱하게 쳐다보고 서 있었다.

"뭘 쳐다봐!"

"아니, 저희는……."

"왜 그런 눈으로 쳐다보냐고, 씨발 새끼들아!"

굵직한 장어 한 마리가 달궈진 냄비 속에 던져진 것처럼, 달수의 머릿속이 통탕거렸다.

현장에서 사람이 죽어 나가면 썩은 내를 맡은 까마귀 떼처럼 여기저기서 온갖 것들이 다 몰려든다. 일이 이렇게 되기 전에 막아야 했다. 하지만 달수는 현장에 없었다. 아니 있었다고 한들, 죽으려고 환장한 놈을 무슨 수로 말리겠나. 이번 일도 결국은 '깡패 용역'을 들먹이며 책임을 떠넘길 게 뻔했다. 달수는 뒤늦은 후회가 밀려왔다. 뭐에 씌었는지, 안 하던 짓을 한 게 화근이었다. 큰형님에게 지금의 상황을 어떻게 변명해야 할지 대책이 필요했다.

"야, 일단 모여 봐!"

어떻게든 사태를 수습하는 게 먼저다. 현장이 아닌, 이곳으로 올 수밖에 없었던 이유에 대해 입을 맞춰야 한다. 달수는 지금의 상황을 대충 설명한 뒤, 일이 이렇게 된 데에는 너희들 책임도 적지 않다는 사실을 분명히 했다. 말하자면 우리는 운명 공동체다.

"내가 살면 니들도 살고 내가 죽으면 니들도 다 죽는다. 알았냐!"

"알겠습니다, 행님!"

"봉구, 넌 왜 대답 안 해? 따지고 보면 니 책임이 젤 커 새꺄!"

"네, 알겠어요……."

달수가 매달릴 곳은 이제 단 하나, 그 점쟁이뿐이었다.

"너희들, 큰형님이 자주 가시는 점집 알지?"

"그, 용산 쪽에 있는……."

"그래 거기! 오늘 우리가 여기에 오게 된 건 순전히 그 무당 때문이다. 고양이 장례를 치르게 된 것도!"

"예? 왜요?" 용필이와 칠복이가 동시에 물었다.

"큰형님은 그 무당이 하는 말이라면 콩으로 메주를 쑨대도."

"팥이요……." 봉구였다.

"그래, 팥! 지금 그게 중요해?"

"만약 그쪽에서, 뭔 개소리야? 이렇게 나오면 어떡하죠?"

"일단, 돈 좀 찔러 주고 말을 맞춰 봐야지."

달수는 차에 올라타며 휴대폰에 저장된 '무당 언니1'을 찾아 눌렀다. 다행히 이번에는 세 번쯤 신호가 간 뒤 전화를 받았다.

"아, 여보세요. 선생님 안녕하십니까. 저는 유달수라고 합니다."

"뭐, 누구라고?"

"혹시 기억하시려는지, 상열이 형님 모시고 갔을 때 몇 번 뵀는데……."

"음 그래, 기억난다. 턱밑에 쭉 찢어진 흉터 있고."

"네, 맞습니다. 제가 오전에도 전화를 여러 번 드렸는데 받질 않으셔 가지고."

달수는 간략하게 전화를 건 이유에 관해 설명했다. 중간중간, '큰형님과 자신이 평소에 무당 선생님을 얼마나 믿고 신뢰하는지'에 대해서도 빼놓지 않았다.

"그러니까 네 말의 요지는 뭐야, 고양이 장례를 치른 게 신령님의 뜻이었다, 내가 그렇게 하라고 시켰다, 이렇게 말해 달라는 거냐?"

"말하자면 그게……. 네, 맞습니다."

"신령님 팔아서 거짓말하라는 거네, 지금?"

"한 번만 살려 주시면 그 은혜는 절대 잊지 않겠습니다!"

휴대폰을 붙잡고 있는 달수의 손에 땀이 차올랐다.

"그래서, 유골함은 어떻게 했는데?"

"유…… 유골함이요? 여기 지금, 제 옆에 있습니다."

"거기다 한쪽 손을 올려놔 봐."

"네?"

"전화기 들고 있는 손 말고 다른 쪽 손을 거기다 올려놓으라고."

달수는 봉구가 안고 있던 유골함을 낚아챘다.

"오…… 올렸습니다."

휴대폰 너머로 무당이 주문을 외는 소리가 나지막이 들려왔다.

"도유심합 심가향전 분향옥로 심주선원 진령하강……."

웅얼거리는 무당의 소리와 함께 달수의 휴대폰에 통화 중 대기음이 울렸다.

큰형님이었다. 전화를 받는 순간 끝이다. 그렇다고 전화를 안 받을 수도 없는 상황이었다.

"선생님? 저기요…… 무당 선생님?"

"시끄럽다, 조용히 해라!"

잠시 후, 다시 통화 중 대기음. 이번에도 큰형님이었다.

어쩔 수 없이 통화 버튼을 누르려던 순간, 무당의 칼칼한 목소리가 들려왔다.

"신령님이 말씀하시길, 자알했다고 하신다. 그 아이가 한을 품고 죽었으면 두고두고 앙갚음했을 거라는 말씀이지. 제대로 장례를 치러 준 건 아주 잘한 일이야."

"아, 그렇죠! 감사합니다! 그러면 제가 큰형님께 뭐라고 말씀을 드리면 될까요?"

"오전에 니가 나한테 전화했다며. 고양이를 차로 쳐 죽였는데 어떡하면 좋겠냐, 어차피 이거 물어보려던 거잖아. 그래서 내가, 큰일 앞두고 마가 낄 수도 있다, 억울하게 죽어서 한을 품으면 안 되니까 조심해야 한다, 그러니까 장례라도 치르고 잘 보내 줘라, 그렇게 말해 준 거고. 그럼 말 되잖아, 안 그래?"

"말 되네요. 정말 말이 돼요! 그러니까 저는 무당 선생님이 시키는 대로……."

"신령님께 성심성의껏 보답을 드려야 되는 건 알지?"

"여부가 있겠습니까. 꼭 그렇게 하겠습니다. 정말 감사합니다!"

달수는 무당에게 몇 번이고 감사하다는 인사를 한 뒤 서둘러 통화 버튼을 눌렀다.

"네, 형님……."

"너 지금 어디야! 종필이 말로는 오늘 현장에도 안 왔다며!"

"그게 사정이 좀 생겨서, 일단 가서 말씀드리겠습니다."

"사정이고 나발이고 당장 튀어와!"

"알겠습니다, 형님……."

달수는 전화를 끊고 이마에 흘러내리는 땀을 닦아 냈다. 눈언저리부터 피곤이 묵직하게 번져 나갔다. 차창 밖으로 부서지고 무너진 대봉동 산동네가 보였다. 피딱지처럼 다닥다닥 붙어살던 사람들이 떨어져 나간 자리에 값비싼 고층 아파트가 새살처럼 돋아날 거였다.

달수는 봉구에게 호두나무 상자를 넘겨주며, 이번 일만 잘 마무리되고 나면 어디 조용한 바닷가에라도 가서 고양이의 뼛가루를 뿌려 주고 와야겠다고 생각했다.

내 애인

이춘배春蓓

춘배는 옥탑방에서 살아 보는 게 소원이라고 했다. 이게 뭐 듣기에 따라서는 돈 꽤나 있는 인간이 서민 체험 같은 걸 해 보고 싶다는 말처럼 들릴 수도 있지만 그런 건 전혀 아니다. 가끔 드라마에서 보면 남자 주인공이 전망 좋은 옥탑방에 살면서 평상에 앉아 친구들과 삼겹살을 구워 먹고 아침이면 운동 기구가 놓여 있는 넓은 옥상에 나와 기지개를 켜며 세상을 내려다보는 장면, 그러니까 춘배는 그런 걸 상상한 거다. 옥탑방에 살아도 예쁜 애인이 허구한 날 찾아오고 꿈과 야망이 있는 주인공은 결국 성공하게 된다는 뭐 이런 스토리. 가진 거라곤 쥐뿔도 없는, 몸뚱이 달랑 하나에다 직업도 없고 꿈과 야망은 더더욱이나 없는 춘배가 옥탑방에 살게 된다고 해서 드라마 속의 주인공이 될 수는 없다. 하지만 소원이라는 데 어쩌겠나. 그래서 나는 춘배에게 옥탑방을 구해 주기로 했다. 방법은 하나, 내가 살고 있는 오피스텔의 보증금을 빼서 옥탑방을 구하면 된다. 물론, 춘배는 옵션으로 따라올 것이다.

"그냥 여기로 할게요."

"아가씨가 보는 눈이 있네. 이 가격에 웬만해선 이런 데 못 구한다니까."

썩 마음에 든 건 아니었다. 며칠씩 발품을 팔며 다녀봤지만, 드라마 속에 나오는 그런 옥탑방을 우리 동네에서 구하기는 힘들었다. 오래된 동네면 또 모를까, 요즘은 상가 주택 꼭대기 층과 지붕 사이에 끼워 넣듯 옥탑방을 만들어 놓은 게 트렌드인 모양이었다. 1층은 상가. 2, 3층은 주거 공간. 뭐 이런 식으로 준공 허가를 받은 다음, 4층 같은 4층 아닌 꼭대기 층에다 싱크대와 보일러 그리고 화장실을 구비해 놓고 세 하나를 더 받아먹는 그런 형태였다.

춘배에게 핸드폰으로 사진을 찍어 보내자 '괜찮네, 뭐.'라는 답장이 왔다. 문을 열고 들어가면 전면에 큰 창문이 있고 싱크대 옆쪽에는 바깥 베란다로 나가는 창문이 하나 더 있긴 했다. 얹혀사는 주제에 이렇다저렇다 불평하는 게 염치없어 '괜찮다'는 답변을 한 건 절대 아니다. 춘배는 싫은 걸 좋다고 하거나 좋은 걸 싫다고 말하지 않는다. 언제나 뻔뻔할 정도로 솔직하며 그게 나름의 매력이기도 했다.

한번은 춘배가 술을 마시다 이런 말을 한 적이 있다.

"나 ADHD래. 일종의 장애지."

처음엔 그게 뭔지 몰랐다. 좀 덜 떨어져 보이긴 했지만, 딱히 장애가 있는 것처럼 보이진 않았다. 알아듣기 쉽게 말해 보라고 하자 춘배는 소주를 한잔 들이켜더니 낄낄 웃었다.

"나 학교 다닐 때 왕따였다고 말했었나. 너도 알다시피 내가 생긴 건 멀쩡해도 성격이 좀 지랄맞긴 하잖아."

내가 보기엔 춘배가 멀쩡하게 생긴 편은 아니었다. 뭔가 조금 진화가 덜 된 모습이라고 해야 하나. 똑바로 서 있으면 사람인데 개처럼 네발로 엎드려 있으면 유인원에 가까운 뭐 그런 외모였다. 유달리 근육이 잘 발달된 다리와 털이 북슬북슬한 허벅지, 설악산 흔들바위만큼이나 큰 머리에 당나귀를 연상시키는 뾰족한 귀, 한 대

맞아 코뼈가 부러지는 바람에 오히려 조금 더 높아졌다는 콧대, 아무 생각이 없어 보이는 천진한 어린 짐승의 눈, 거기다 성격은 제 말마따나 지랄이었다.

"중딩 때, 내가 열나 빡쳐서 우리 반 애새끼 하나를 족쳐 버렸거든. 양아치 같은 놈이 내 뒤통수를 탁 치면서 '야 병신, 매점 가서 빵 좀 사 와라.' 이러는 거야. 뒈질라고."

그놈은 맞을 짓을 해서 얻어터졌다 치고 내가 궁금한 건 따로 있었다. 춘배가 말하는 ADHD라는 게 도대체 뭐길래 애들한테 '병신' 소리까지 들어 가며 따돌림을 당했을까. 나는 그 자리에서 핸드폰을 꺼내 검색해 보았다. 아무래도 춘배가 나에게 제대로 된 설명을 해 줄 거 같진 않았기 때문이다.

ADHD 주의력 결핍 과잉 행동 장애.

주의력 결핍 과잉 행동 장애란 주의 산만, 과잉 행동, 충동성을 주 증상으로 보이는 정신 질환이며 대개 초기 아동기에 발병하여 만성적인 경과를 밟는 특징을 지닌다. 아동은 흔히 활발하고 까다로운 기질을 가진 경우가 많다. 또한 모터 달린 듯이 계속 움직이고 수없이 넘어져 다치기도 한다. 하지만 사람들은 대개 이런 아동의 특징들을 '씩씩하다' '철이 없다' '극성맞다' '어릴 때 다 그렇지' 하는 식으로 대수롭지 않게 생각한다. 그러다 학교에 들어가 단체 생활을 시작한 후에야 이런 특징들이 문제가 됨을 발견한다. 고집이 세며 부정적이고 자신감이 부족하며 부모 말을 안 듣는 경우가 많다.

라고 되어 있었다. 모르고 있을 땐 그런가 보다 했는데 알고 보니 '아, 그래서 춘배가.'라는 말이 절로 튀어나왔다. 춘배는 솔직히 남다른 데가 있긴 했다. 말하는 걸 가만 듣고 앉아 있으면 마치 그런 생각이 들었다. '반찬 가짓수만 많았지 먹을 것 하나 없는 밥상.' 남의 말은 잘 듣지도 않았다. 거기다 옷을 벗어 아무 데나 휙휙 던져 버리는 바람에 어떨 땐 접시 위에 팬티가 올라가 있기도 했다. 오토바이를 타다 부러진 발목은 철심을 박아 겨우 붙였다지만, 춘배 표현대로라면 소주병 깨지듯 와작 박살 나 버린 무르팍은 지금도 굽혔다 펼 때마다 손마디 꺾어지는 소리가 떡떡 났다. 다섯 번이나 떨어진 다음에야 겨우 붙었다는 운전면허는 딴 지 한 달 만에 면허

정지가 돼 버렸고, 그때 일만 보더라도 춘배는 충분히 정상은 아니었다.

오랜만에 바다나 보러 가자며 중고로 산 80만 원짜리 똥차를 몰고 동해도 아닌 서해 쪽을 향해 달리던 그날, 춘배는 브레이크를 밟았다 액셀을 밟았다 방향 지시등을 켰다 껐다 아주 난리도 아니었다. 아침 일찍 출발하느라 새벽까지 마신 술이 덜 깬 탓도 있지만, 일단은 운전 미숙이었다. 한참을 빵빵대며 뒤에서 따라오던 깜장 색 SUV가 우리 차를 앞지르는가 싶더니 운전석에 앉아 있던 아저씨가 차창을 열고 소리쳤다.

"야이 병신 새꺄, 운전을 똥구멍으로 배웠냐? 그럴 거면 기어 나오지나 말던가!"

그러자 춘배가 창문을 열고 손가락으로 'Fuck you'를 날리며 말했다.

"뒈지기 전에 당장 차 세워라!"

"춘배야, 여기 고속도로야."

옆에서 내가 말리자 차를 세우기는 글렀다 싶었는지 있는 힘껏 액셀러레이터를 밟아 단호하게 그 차의 뒤꽁무니를 박아 버렸다.

말로만 듣던 '보복 운전'의 전말이었던 셈이다. 하지만 그때, 춘배가 왜 그토록이나 눈을 까뒤집고 설쳐 대는지 이해할 수 없었다.

"내가 세상에서 제일 듣기 싫은 소리가 뭔 줄 아냐. 병신 새끼다. 어렸을 때부터 아주 징그럽게 들었거덩. 엄마고 아빠고 하다못해 교회 목사라는 인간까지 그런 말을 하더라니까. 멀쩡한 이름 놔두고 병신이 뭐냐 병신이!"

그날 나는, 춘배의 이야기를 들으며 눈이 매워 왔다. 콧물도 훌쩍였다. 멀쩡한 이름을 가진 춘배는 지금 자기 이야기에 푹 빠져 눈앞에 삼겹살이 타고 있는 것도 몰랐다. 고기가 타며 내뿜는 연기 때문에 나는 눈물이 나고 콧물이 흘렀다. 물론, 고기는 내가 뒤집으면 된다. 하지만 집게를 드는 순간 성격이 지랄 같은 내 애인 춘배는 눈을 부라리며 소리를 버럭 지를 게 뻔했다.

"손대지 마라. 고기는 내가 굽는다!"

이 또한 남다르지 아니한가. 춘배에게 고기를 굽는 일은 그 무엇보다 중요한 문제였다.

ADHD라는 게 장애라고는 하지만 국방의 의무가 면제되는 건 아니었던 모양이다. 군대라는 데가 얼마나 무서운 곳인지 입대를 하고 나서야 알게 됐다는 춘배는, 하루도 얻어터지지 않은 날이 없고 욕으로 흠뻑 젖지 않은 날이 없었다. 이등병 땐 일등병에게, 일등병 땐 상병에게, 하다못해 처음 보는 상관에게까지도 두들겨 맞았다. 얼이 빠질 대로 빠져 있던 춘배는 궁둥이를 발로 툭툭 차며 "까라면 까, 새꺄!"라는 상관의 말에 군복 바지를 훌러덩 벗고 엉덩이를 까서 들이민 적도 있다고 했다. 그러니까 한마디로, 말귀를 못 알아 처먹는 데 타고난 재주가 있던 춘배였다.

그러던 어느 날, '국군의 날'을 맞아 친선 축구 경기를 마치고 연병장에서 삼겹살 파티가 벌어졌다. 평소에 혼만 나던 춘배가 주인에게 걷어차인 똥개마냥 한쪽에 찌부러져 눈치만 보고 있던 그때, 같은 내무반 소속인 상병 김수철이 춘배에게 삼겹살과 집게를 건네며 이렇게 말했다고 한다. "맛있게 구울 자신 있습니까!" 얼떨결에 김 상병이 건네준 집게를 받아 든 춘배는, 처음 메스를 손에 잡아 본 의사처럼 신중한 자세로 삼겹살을 굽기 시작했다. 눈이 맵고 코가 아렸지만 대가리를 불판 위에 처박고 한 겹 한 겹 장인의 손길이 닿은 명품처럼 고기를 구워 냈다. 그 마음과 정성이 하늘에

닿았던지, '이렇게 맛깔나게 구워진 삼겹살은 처음 먹어 본다'느니 '차돌박이인 줄 알고 먹었다'느니 '마블링이 살아 있는 삼겹살'이라느니 하나같이 칭찬 일색이었다고 한다. 태어나 처음으로 춘배가 사람들로부터 인정받은 순간이었다. 얘기를 듣고 있던 나는 춘배에게 물었다.

"근데 김 상병은 왜 너한테 잘해 줬던 거냐?"

"모르지 그건. 그날 이후였던 거 같기도 하고……."

김 상병과 야간 경계 근무를 함께 섰던 어느 날, 춘배가 이런 질문을 했다는 거다.

"수류탄 한 방 터트리면 몇 명이나 죽습니까?"

그 이후로 김수철은 춘배에게 가끔 초코파이와 땅콩 크래커를 나눠 주기도 하며 특별히 신경을 써 줬다고 한다. 말하자면 김 상병에게 춘배는 걸어 다니는 수류탄인 셈이었다. 어쨌거나 삼겹살 파티가 벌어졌던 그날 이후, 군대 안에서 고기 판이 벌어지는 곳이면 어디든 춘배가 달려갔다. 두들겨 맞는 횟수도 점점 줄어들다 언제부턴가는 제법 인기까지 얻게 되었으니 춘배에게 고기 굽는 일이 어찌 특별하지 않을 수 있겠는가.

제대한 이후로도 춘배는 '고기 하나만큼은 끝내주게 굽는다!'는 자부심을 가지고 살아왔다. 그게 바로 춘배 앞에서 내가 고기를 뒤집지 못하는 이유였다. 고기는 타고 연기는 맵고 목소리 큰 우리 춘배는 여전히 혼자 떠들고 있었다.

우리가 세 들어 있는 상가 건물은 옥탑 층을 둘로 나눠 401호와 402호를 만들어 놓았는데 우리는 401호에 살고 있었다. 혹시라도 구청에서 나와 문제 삼을 수 있다며 대문에 호수를 따로 붙여 놓진 않았지만 그래도 우린 401호였다. 옥탑방으로 이사 온 이후, 우리는 꽤 즐거운 시간을 보냈다. 다이소에 가서 이것저것 함께 물건을 고를 땐 살짝 신혼부부 같은 느낌도 들었다. 산동네 좁은 골목길 같은 베란다에 앉아 목욕탕용 플라스틱 의자를 깔고 앉아 작은 화로에 고기를 구워 먹을 땐 제법 행복하기까지 했다.

이사 온 지 반년쯤 되던 어느 날, 일을 마치고 집으로 돌아오니 상가 주택 앞에 작은 이삿짐 트럭이 서 있었다. 그리고 어딘지 낯이 익은 남자 하나가 부지런히 짐을 나르고 있었다. 가까이 다가가 보니 춘배였다.

"너 이삿짐 알바 시작했냐?"

"알바는 무슨, 우리 옆집에 이사 들어오는 거잖아."

"그런데 니가 왜 짐을 날라?"

"이웃사촌이란 말도 모르냐? 도와주는 거지."

내가 아는 한 춘배는 이웃사촌의 짐을 아무 이유 없이 날라다 줄 인물은 아니다. 그렇다면 답은 하나였다. 활짝 열린 402호 문 앞에서 있는 젊은 여자를 본 순간 춘배가 그토록 열심히 짐을 나르고 있는 이유를 단박에 알아챘다. 똥개와 진돗개는 얼추 비슷하게 생겼으나, 주인에게만 꼬리를 흔드는 진돗개와 달리 똥개는 아무에게나 꼬리를 흔든다. 그러니까 춘배는 한마디로 똥개인 셈이었다. 예쁜 여자만 보면 자기에게 여자친구가 있다는 사실조차 잊어버리고 들이대기부터 했다. 아니 어쩌면 잊어버린 게 아니라 뭐가 문제인지를 모르는 쪽인 듯 보였다. 예전에도 이런 문제로 종종 싸움이 났는데 그때마다 춘배는 나에게 말했다.

"난 춘향이가 아니잖아. 사람이 살다 보면 실수도 하고 그러는 거 아니냐."

처음엔 기가 막혔다. 그토록 죽자고 따라다니며 꼬실 때는 언제고 이제 와서 얻다 대고 구정물에 밥 말아 먹는 소리냐며 뺨따귀를 한 대 날렸다. 춘배는 내 손이 고양이처럼 빨라서 깜짝 놀랐다며 순순히 잘못을 인정했다. 하지만 그때뿐이었다. 예쁜 여자가 나타나면 어김없이 그 앞에 가서 엉덩이를 디밀고 꼬리를 세차게 흔들어 댔다. 똥개가 똥을 끊지 못하는 이유는 하나다. 그건 어쩔 수 없는 본능이기 때문이다.

처음 한두 번은 협박도 하고 등짝을 때리거나 엉덩이를 발로 차 보기도 했지만 다 소용없었다. 만난 지 6개월이 넘어가니 어느 정도 포기가 됐고 1년째 접어들자 그러려니 하다가 2년이 넘어 버린 지금은 철없는 남동생 보듯이 혀를 쯧쯧 차는 정도가 됐다. 한마디로 나는, 이 막돼먹은 춘향(이도 아닌 놈)으로부터 초월과 득도를 한 상태였다.

"어머나 안녕하세요. 옆집 사는 분인가 보다."

먼저 말을 걸어온 건 그 여자였다. 나이는 20대 후반 정도, 얼굴은 여우상이었으나 눈은 당나귀처럼 멍청해 보였다. 긴 생머리에 착 올라붙은 히프 라인. 키는 160센티가량에 빵빵한 가슴. 거기다

곰살맞고 붙임성 있는 성격이었다. 한마디로 춘배가 꼬리를 흔들 만한 여자였다. 만약 내가 없었다면 춘배는 당장이라도 401호를 버리고 402호에 얹혀살게 됐을지도 모른다. 덜 떨어지고 머리에 든 건 없어도 춘배는 여자들에게 먹히는 뭔가가 있었다. 시골 장날이면 종이 상자에 담겨 나온 귀여운 똥개 새끼처럼 뭔가 짠하게 사람의 마음을 끌었다. 거기다 기저귀 찬 아기가 엄마에게 맘마, 찌찌, 도리도리 잼잼 같은 말을 하듯, 요거 먹고싶다, 한번 하자, 그냥 꺼져, 같은 말을 돌려치지 않고 입에서 나오는 대로 표현했다.

그리고 이런 비유는 거의 틀렸을 수도 있지만, 아인슈타인이나 토머스 에디슨, 모차르트나 레오나르도 다 빈치 같은 사람도 ADHD가 의심되는 위인들이라고 했다. 어린 시절, 얼굴을 물에 담그는 게 무서워 배영부터 배웠다는 마이클 펠프스(춘배도 겁이 많아 벌레를 보면 미친놈처럼 비명을 지른다)가 수영 황제가 될 수 있었던 것은 ADHD를 가진 사람들의 남다른 에너지, 그러니까 미친 듯이 물을 가르고 앞으로 나가는 '무식한 힘'이 그를 최고의 수영 선수로 키워 낸 건지도 모른다.

물론, 춘배가 이런 대단한 능력을 가졌다는 것은 절대 아니다.

하지만 '하나'에 집중하는 힘은 남달랐다. 싸움할 때도 춘배는 딱 한 놈만 붙잡고 죽어라 팼다. 여자를 꼬실 때도 넘어올 때까지 달라붙는 끈질긴 근성만큼은 인정해 줄 만했다. 남자라면 지긋지긋해하던 나에게 "저는 쫌 새롭지 않나요?"라고 손을 번쩍 들고 다가와 내 마음을 흔들어놓은 춘배. 하지만 그때의 내 선택은 '충동구매' 쪽에 가까웠다.

어쨌거나 춘배는 훌륭한 위인이나 유명한 운동선수는 되지 못했지만 나름 대단한 구석이 있긴 했다. 내가 곁에서 이렇게 눈을 시퍼렇게 뜨고 있는데도 옆집 여자에게 대놓고 들이대고 있지 않은가. 말하자면 '여자 밝히는 방면에 특출한 재능이 있는 ADHD'인 셈이었다.

춘배는 마지막 짐까지 살뜰하게 날라 주고 등판이 땀에 흠뻑 젖어 들어왔다. 땡볕에서 공을 차다 들어온 아들에게 시원한 물 한잔을 건네는 엄마처럼 나는 말했다.

"춘배 신났구먼, 저 여자 맘에 드냐?"

"뭐가, 꼴리냐고?"

"이 새끼가 못 하는 말이 없어!"

"예쁘잖아. 흐흐."

"그래서, 또 들이대려고?"

"일단 좀 씻고 생각해 봐야지."

콧노래를 부르며 욕실로 들어가는 춘배를 보며 어이가 없었다. 그런데 이게 참 이상한 게, 뭔가 은근히 긴장되고 재밌다는 생각마저 들었다. 내가 이런 여유까지 부리게 된 데는 뭔가 믿는 구석이 있기 때문이다. 2년을 만나 오며 느낀 거지만 춘배는 누구에게든 싫증을 잘 낸다. 잠시 흥미를 느꼈다가 어느 순간 시큰둥하게 식어 버렸다. 사사건건 자기를 가르치려 든다느니, 전화를 제때 받지 않아 짜증이 난다느니, 이유야 그때그때 달랐지만, 어찌 됐든 짧고 굵게 끝나 버렸다. 그래서 언제가 한번은 춘배에게 물었다.

"나한테 싫증 난 적은 없냐?"

"물론 있지."

"근데 왜 계속 붙어 있는 거냐?"

"내가 구워 주는 고기를 너보다 맛있게 먹는 여자는 아직 없었다."

거기다 한마디 덧붙이기까지 했다.

"넌 나하고 대화가 통하는 유일한 여자야."

사실, 이 말에는 동의할 수 없는 게 춘배는 거의 혼자 떠든다. 가끔은 나도 뭔가 말이 하고 싶어져 "내 친구 중에 진미라는 애가 있는데……."라는 식의 이야기를 꺼내면 춘배는 눈을 반짝이며 "저녁에 진미 통닭이나 시켜 먹을까?" 뭐 이런 식이었다. 그러니 대화가 통한다는 건 순전히 춘배의 착각이라 볼 수 있다. 한쪽에서는 떠들고 다른 한쪽은 들어주기만 하는 건 대화가 아니라고 말해 주려다 그냥 말았다. 이 또한 ADHD를 가진 자의 특권 아니겠는가.

일을 마치고 돌아오니 춘배는 물풍선 같은 배를 내놓고 만화책을 보며 낄낄 웃고 있었다. 몸 하나만큼은 자신 있다던 춘배였다. 덩어리 카레마냥 왕(王)자가 새겨진 배도, 나무젓가락을 우지끈 부러트릴 만큼 단단하고 탱탱하던 엉덩이도 어느새 포동포동 젖살이 오른 아이처럼 변해 버렸다. 일하지 않고 집에서 빈둥거리며 피자와 햄버거로 점심을 때우고 저녁엔 삼겹살과 소주, 혹은 치킨과 맥주로 빵빵하게 배를 불린 다음 무아지경으로 잠에 빠져드는 생활 패턴 때문이었다. 친구들은 "애인 버릇 참 드럽게 들인다."고 욕

했지만 나는 웬만해선 춘배에게 잔소리하지 않는다. 집에 가만히 있는 게 돈을 버는 것보다 나은 경우도 때론 있는 법이니까.

춘배도 한때는 열심히 일했다. 작년 이맘때 시작한 '배달 대행'도 알바 사이트를 보고 찾아간 곳이었다. 일은 건수 당 제법 많은 돈을 받았다. 알려 준 주소대로 찾아가 신용카드를 받아 오면 되는 간단한 일이었다. 하지만 한 달도 채우지 못하고 춘배는 경찰서로 연행됐다. '신종 보이스피싱'이라고 했다. 알고 한 일은 아니었다 해도 CCTV에 대문짝만하게 춘배의 얼굴이 찍혔으니 잡아뗄 수도 없었다. 피해 금액이 제법 커서 구속까지 당했고 결국 재판에 넘겨졌다. 하지만 춘배는 눈물을 흘리며 하루에 세 장씩 반성문을 써냈고 국내에 숨어 있던 보이스피싱 조직원의 연락책을 검거하는 데 혁혁한 공을 세워 집행 유예로 풀려났다.

보통의 사람들은 이런 일을 겪고 나면 웬만해선 똑같은 실수를 하지 않지만, 춘배는 달랐다. 자기 명의의 통장을 빌려주면 30만 원을 주겠다는 꼬임에 넘어가 결국 벌금 300만 원을 선고받기도 했다. 귀가 얇은 건지 머리가 모자란 탓인지 모르지만, 아무튼 그랬다. 그런 일이 생길 때마다 춘배는 조금씩 움츠러들었다. 악몽을

꾸는지, 자다가 벌떡 일어나 "잘못했어요, 다신 안 그럴게요!"라고 소리를 지르며 우는 날도 있었다.

내가 춘배에게 돈을 벌어 오라고 잔소리하지 않는 이유는 또 있었다. 아버지만 생각하면 넌더리가 났기 때문이다. 가족을 부양하는 의무에 한 치의 소홀함도 없던 가장이자 하얀 와이셔츠에 단정하게 빗어 넘긴 머리, 출퇴근 또한 칼같이 정확한 사람이었다. 커다란 대합처럼 굳게 닫힌 입은 생전 가야 실없는 농담 한마디 뱉어 낼 줄 몰랐다.

초등학교 3학년 때였나, 아버지가 일하는 직장에 따라간 적이 있는데 그때 같이 일하던 사람들이 "아빠 닮아 참 점잖네. 예의도 바르고."라는 말을 했다. 내 나이 또래 여자아이에게는 "누굴 닮아 이렇게 예쁘니?" 혹은, "어쩜, 너무 귀엽게 생겼다!" 같은 말들이 더 어울리는데도 말이다. 집 밖에선, 점잖고 예의 바르며 직장 동료들에겐 다정다감했던 아버지가 국에서 머리카락이라도 하나 나올라치면 밥상부터 엎어 버리는 사람이라는 걸 누군들 상상이나 했을까.

그런 아버지와 살면서도 엄마는 늘 밝고 씩씩했다. "네 아빠한

텐 농담 한마디도 맘 편히 못 해 보고 살았어, 야."라며 깔깔 웃던 엄마였다. 그러던 엄마가 일생일대 최악의 농담을 한 것은 3년 전 어느 봄날이었다. 소화가 잘 안된다며 반도 채 비우지 못한 밥그릇을 들고 일어나던 엄마가 아버지에게 말했다.

"의사가 나 암이라네, 여보."

그날만큼은 아버지 대신 내가 버럭 소리를 질렀다.

"농담하지 마. 엄마!"

손을 쓰기엔 너무 많이 퍼져 버렸다고 했다. 늘 씩씩하고 용감한 엄마였지만 암과의 싸움은 짧고 싱겁게 끝나 버렸다. 그리고 그해 늦가을, 엄마의 장례식장에서 춘배를 처음 만났다.

빨간 육개장과 검은 옷을 입은 사람들이 뒤섞여 웅성거리던 그곳. 아버지 회사에서 보내 준 일회용 플라스틱 접시 위에는 엄마가 좋아하던 홍어 무침과 모듬전, 꽈리고추와 편육이 담겨 있었다. 마치 엄마가 차려 낸 밥상 같다는 생각이 들었다. 빈소 앞에서 사람들과 악수를 나누거나 가벼운 목례를 하며 서 있던 아버지는 딸의 결혼식장 앞에서 손님을 맞이하는 사람처럼 깨끗하고 반듯한 모습이었다. 떡이 진 머리, 느슨하게 풀어헤친 넥타이, 허리춤에서 삐져나온 셔츠 자락, 이런 모습을 그때 한 번만이라도 보여 주었더라면 나는 아빠를 지금처럼 미워하며 살진 않았을지도 모른다. 그는 오로지 자기 자신의 체면만이 중요한 사람이었다.

병원에 누워 있던 엄마에게 "만약 내가 결혼이라는 걸 하게 된다면 아빠하고 딱 반대되는 사람을 고를 거야."라고 얘기했다. 엄마는 힘없이 고개를 끄덕이며 농담 같은 유언을 남겼다.

"널 많이 웃겨 주는 사람하고 살아. 직업이 개그맨이면 더 좋고."

사람들이 오가지 않는 장례식장 뒤편에는 나무 한 그루만 덩그러니 서 있는 작은 화단이 있었다. 숨이 막힐 때마다 그곳으로 잠깐씩 바람을 쐬러 나왔다. 내일 아침이면 엄마를 영원히 떠나보내야 한다는 생각에 가슴이 미어질 것 같았다. 나 말고도 화단 쪽에 젊은 남자 하나가 담배를 피우며 서 있었다. 담벼락 구석에 쪼그려 앉아 발밑으로 발발대며 돌아다니는 개미를 보고 있으려니 눈물이 뚝 떨어져 내렸다. 그때 그 남자가 내게 말을 걸어왔다.

"누가 돌아가셨어요?"

너무 태연하게 물어오는 바람에 나도 모르게 무심히 대답해 버렸다.

"우리 엄마요……."

"아 어쩐지, 그래서 기분이 별로 안 좋아 보였구나."

순간 어이없게도 피식 웃음이 나왔다. 퉁퉁 부은 얼굴로 검은색 상복을 입고 비참한 기분에 젖어 있는 내게 저런 가벼운 표현을 쓰다니. 터질 듯 팽팽하게 부풀어 오른 풍선에서 바람 한 줄기가 피식 빠져나온 느낌이었다.

"그쪽은 여긴 왜 왔어요?"

"친구 할아버지가 돌아가셨어요."

"아……."

남자는 내 곁에 쪼그려 앉더니 담배 하나를 내밀었다.

"전 안 피워요, 엄마 닮아 기관지가 약하거든요."

"아……."

"근데 엄청 친한 사인가 봐요. 할아버지 장례식에도 오고."

"딱 하나 있는 친구거든요. 학교 다닐 때, 광식인 옆 반 왕따였고 나는 우리 반 왕따."

하마터면 소리 내 웃을 뻔했다. 뭐야, 저 사람. 개그맨인가?

"근데…… 이거 끝나면 뭐 해요?"

어이가 없었다. '오늘 일 끝나면 뭐 해요?'라고 묻는 표정이었다.

"그런 건 왜 물어봐요?"

"고기 사 주려고요. 기분 꿀꿀할 땐 삼겹살에 소주만 한 게 없거덩요."

그는 번호를 찍어 달라며 내게 휴대폰을 내밀었다. 슬픈 표정으로 건네는 위로 따위는 한마디도 하지 않았다. 삶의 가장 힘든 순간에 다가와 어이없게도 나를 웃겨 준 사람, 춘배는 내게 그런 남자였다.

춘배는 402호 여자도 잘 웃겼다.

그녀는 이곳으로 오기 전, 인천에서 조그만 네일 아트 숍을 하다 말아먹었다며 지금은 친구가 하는 카페에서 잠시 일을 도와준다고 했다. 카페가 쉬는 지난주 일요일, "우리 집에서 삼겹살에 소주 한잔할래요?"라며 춘배가 그녀를 초대했다. 의논도 없이 뭐 하는 짓이냐고 화를 내자 춘배가 웃으며 말했다. "이웃사촌끼리 정 없이 그러는 거 아니다."

하지만 춘배가 말하는 '정'은 남자가 여자에게 흑심을 품고 다가갈 때 필요한 감정일 뿐이었다. 예전에 내가 오피스텔에 살 때, 옆집에 새로 이사 온 젊은 남자가 빵을 들고 찾아온 적이 있었다. 같은 또래에다 인물도 제법 봐줄 만했다. 마침, 일을 마치고 오피스텔로 찾아온 춘배가 문 앞에 서 있는 옆집 남자를 보더니 냅다 소리부터 질러 댔다.

"미쳤냐? 뭐 하는 새낀 줄 알고 집에다 남자를 끌어들여!"

이웃사촌이니, 정이니 하는 춘배의 말에 내가 콧방귀를 뀌는 이유다.

춘배는 낄낄대며 분홍색 매니큐어를 자기 발톱에 칠하고 있었다. 지난봄, 직장 동료가 생일 선물로 사 준 매니큐어였다. 춘배는 402호 여자에게 자기의 분홍색 발톱을 보여 주며 "예뻐요?"라고 물었다. "어마나, 너무 깜찍하다 자기!" 끔찍과 깜찍의 차이를 모르는 여자였다. 춘배의 분홍색 발톱과 그녀의 빨간색 손톱 사이에 앉아 나는 말없이 고기를 씹었다. 춘배는 자부심에 가득 찬 얼굴로 고기를 구웠고 402호 여자는 자지러지게 교성을 터트리며 분홍 발톱이 내미는 고기를 받아먹었다.

"어머머, 이거 진짜 삼겹살 맞아? 진짜 입에서 살살 녹는다!"

이마에 흘러내리는 땀을 닦으며 춘배가 말했다.

"천천히 많이 드십쇼. 목 막히니까 소주도 한잔하시고!"

그 모습을 보며 나는 생각했다.

'지랄들하고 자빠졌네.'

402호 여자는 딸 부잣집 셋째로 태어나 위아래로 치여 가며 자랐다고 했다. 그녀는 어딘지 모르게 묘한 연민을 불러일으켰다. 중학생 정도의 어휘력에 거나하게 술이 들어가자 '씨발'이나 '존나' 같은 욕을 추임으로 넣는 백치미도 보였다. 그 방면에서 절대 뒤지지 않는 춘배가 자기의 하나밖에 없는 친구 광식이에 대한 이야기를 하고 있었다.

"그놈이 자기 여자친구의 친구를 꼬셔 재작년에 결혼했걸랑요."

402호 여자는 신이 나서 맞장구를 쳤다.

"골키퍼 있음 뭐하냐고, 무조건 꼴 넣는 놈이 임잔 거야!"

아주 둘 다 더럽게 죽이 잘 맞았다. 402호 여자는 먹기 좋게 구워진 삼겹살 위에 얇게 썬 마늘 하나와 와사비를 올린 다음 볼이 터져라 쌈을 욱여넣었고 춘배는 그 모습을 흐뭇하게 바라보며 입

맛을 다셨다.

어젯밤, 춘배가 외박을 했다. 그리고 402호 여자도 들어오지 않았다. 옥탑방에 살다 보면 듣지 않아도 될 소리까지 듣게 된다. 옆집 대문 키 누르는 소리. 화장실 물 내리는 소리. 어쩔 땐 방귀 뀌는 소리까지 트고 산다. 평소 그녀는 밤 11시쯤이면 집에 들어왔지만, 어젯밤에는 402호의 문 여닫는 소리를 듣지 못했다.

'지금 어디야?' 춘배에게 12시쯤 문자를 보냈다. 한참 지나, '나 지금 바빠. 나중에 전화할게.'라는 답이 왔다. 그러다 새벽 1시 무렵, 깜박 잠이 들어 버렸다. 요즘 들어 시도 때도 없이 잠이 쏟아졌다. 아침에 보니 춘배에게 부재중 전화가 다섯 통이나 와 있었다. 진동으로 해놔 듣지 못했던 모양이다. 옆집 여자는 어젯밤 들어왔을까, 귀를 기울여 봤지만 아무 소리도 들리지 않았다. 오늘따라 일하러 나가기도 귀찮았다. 요 며칠 감기에 걸린 듯 으슬으슬 춥고 몸이 무거웠다. 생리할 때가 지나서 그런지 아랫배도 우리하게 아파 왔다. 감기몸살약이라도 사 먹고 출근해야지 싶어 버스 정류장에 있는 약국에 들렀다. 예전에도 몇 번, 이곳에서 소화제나 진통제를 산 적이 있는데 갈 때마다 어딘지 모르게 우리 엄마와 닮았다는 생각이 들곤 했다. 아담하고 통통한 약사가 밝게 웃으며 말했다.

"어디가 불편해서 오셨어요?"

"감기 몸살인 거 같긴 한데, 요즘 소화도 잘 안되고 속도 좀 울렁거려서요."

약사는 "음, 그럴 수도 있지만."이라고 말을 꺼낸 뒤 나에게 이것저것을 물어봤다. 생리 주기가 불규칙한 편이냐, 최근에 생리한 게 언제였냐, 소화도 안되고 속이 울렁거린다고 했는데 그것 때문에 혹시 약을 먹은 적이 있느냐 등등.

나는 그곳에서 임신 테스트기 하나와 쌍화탕 두 병을 사서 나왔다. 약사에게 이런저런 증상을 말하다 보니 요즘 들어 피임약을 먹지 않은 게 마음에 걸렸다. 402호 여자가 이사 온 뒤부터였다. 사실, 나도 춘배도 아이를 가질 생각은 없었다. 결혼하고 아이를 낳고 부모가 되는 그런 일들은 삶을 너무 무겁게 만든다. 책임지지 못할 일은 만들지 말자는 게 내 생각이었고 물론, 춘배도 그렇다고 했다.

언젠가 한 번은 춘배가 그런 이야기를 한 적이 있다. 자기는 장사하는 부모님 때문에 혼자 밥 먹고 혼자 잠든 날이 더 많았다고. 학교 끝나면 아무도 없는 집에 들어가기 싫어 PC방이나 만화방에 죽치고 앉아 시간을 때웠다고 했다. 그때부터 혼잣말하는 습관이 생겼다고. 옆에 누가 있는 것처럼 혼자 떠들고 혼자 웃고 혼자 욕하면서 그렇게.

춘배는 지금도 가끔 혼잣말을 한다.

"그냥 이걸로 할 거니까 가만있어라."

마치 곁에 누가 있는 것처럼 말하곤 했다.

처음엔, '저게 귀신에 씌었나' 싶은 생각이 들었다. 지금 누구한테 말하는 거냐고 물어봤다간 뭔가 이상한 말이라도 툭 튀어나올 것 같았다. 사실 내 몸속에는 어린 시절 물에 빠져 죽은 동생이 함께 살고 있어, 뭐 이런. 하지만 알고 보니 춘배 안에는 귀신보다 더 무서운 '지독한 외로움'이 살고 있었던 모양이다.

"그래도 너 만난 뒤로는 많이 괜찮아졌다."

외로운 게 좀 덜 해졌다는 건지 혼잣말이 줄었다는 건지 물어보진 않았다. 어쩌면 좀 더 괜찮아진 건 오히려 나인지도 몰랐다. 엄마가 그렇게 훌쩍 떠나 버리고 난 뒤, 가장 힘들고 외로웠던 시간을 버텨 낼 수 있도록 내 곁에서 함께 있어 준 건 춘배였으니까…….

도착 알림판을 보니 버스가 오려면 아직 15분 정도 남았다. 근처에 있는 상가 건물로 들어가 승강기를 타고 3층으로 올라갔다. '원조 할매아구찜' 맞은편에 공용 화장실이 있었다. 변기에 앉아 빼빼로 상자 반쪽만 한 테스트기의 껍질을 벗겨 냈다. 몸속에서 따뜻한 물이 빠져나오자 으슬으슬 한기가 밀려왔다.

일을 마치고 들어오니 문 앞에서부터 느끼한 냄새가 났다. 피자를 먹고 있던 춘배에게 눈길도 주지 않은 채 창문을 열어 놓고 욕실로 들어갔다. 내가 씻고 나오길 기다렸는지 춘배가 발딱 일어나더니 오만 원짜리 두 장을 내 코앞에다 내밀었다.

"어제, 광식이 일 도와주고 받았다. 존나 힘들어."

"넌 전화기를 폼으로 들고 다니지?"

"어제 완전 정신없었어. 광식이가 술이 떡이 돼 가지고 울고불고 난리였다니까."

"애인 뒤통수 치고 딴 여자랑 결혼까지 한 놈이 울긴 왜 울어!"

춘배가 말했다. 지난주에 광식이 마누라가 또 유산을 했다고. 벌써 두 번째였다.

"광식이 그놈은 빨리 애 아빠가 되고 싶어 죽겠나 봐. 근데 혜주 씨 가슴 아플까 봐 표도 못 낸다고 엉엉 울고. 그래서 내가 광식이 보고 그랬다. 아빠는 아무나 되냐? 철들 때까지 좀 기다려, 새꺄!'

"그딴 거 아무나 돼."

"뭔 소리냐, 그게?"

"바보라서 못 알아듣냐? 너 같은 인간도 아빠가 될 수 있다고!"

"……."

그때 문 두드리는 소리가 똑똑 들렸다. 춘배가 문을 열자 노란 참외 봉지를 든 402호 여자가 서 있었다. 어제가 엄마 생신이라 집에 다녀오는 길에 참외를 한 박스나 실어 왔다고 했다. 춘배는 참외까지 싸 들고 찾아온 402호 여자에게 "잘 먹을게요."라고만 짧게 답한 뒤 문을 닫았다. 참외가 든 봉지를 들고 등을 보이며 서 있던 춘배가 말했다.

"애 가졌냐?"

"그래 가졌다, 어쩔래!"

"낳을 거냐?"

"너 같은 거 뭘 믿고 애를 낳아!"

"생각은 해 본 적 있다, 나도."

"뭔 생각을 해!"

"나 같은 놈을 닮은 애……."

돌아서 나를 바라보는 춘배의 눈이 벌게져 있었다. 굶어 죽어 가는 아프리카 아이들에 대한 다큐를 보다가 요구르트 꽁무니를 쪽쪽 빨며 울던 춘배. 드라마를 보다 슬픈 장면이 나오면 두터운 손등으로 눈물을 훔치던 춘배. 남자는 태어나 딱 세 번만 우는 거라고 춘배는 말했지만 내가 본 건 만도 열 번은 족히 넘었다. 그리고 지금 이 순간, 춘배는 또 울고 있었다. 골치가 아파졌거나 짜증이 나서일는지도 모른다. 어쨌거나, 기뻐서 우는 건 절대 아니라고 생각했다.

"씨발, 겁이 나. 나 닮은 애가 나올까 봐. 학교에서 왕따 당하고 사람들한테 무시나 당하면…… 운전 면허증도 없는 아빠 밑에서 애가 제대로 크겠냐. 내가…… 얼마나 외롭게 살았는지 넌 모른다. 울 아버지 죽으면 친구들 불러다 관이라도 들어야 하는데 쪽팔리게 한 명밖에 없다 나는. 병신 같은 소리나 맨날 듣고 너는 애 앞에 서 나를 개무시할지도 모르지만…… 그래도 내가 아빠가 되면…… 애는 진짜 예뻐해 줄 자신 있다. 공부 좀 못 하고 친구가 하나밖에 없어도 병신 소리 같은 건 절대 절대 입에도 올리지 않을 거고 나는…….”

춘배의 어깨가 들썩일 때마다 봉지 속에 든 노란 참외의 단내가 풍겨 나왔다.

자기 이름이 '봄 춘(春)'에 '꽃봉오리 배(蓓)'라며 언젠가는 자기도 봄날의 꽃봉오리처럼 예쁨받는 날이 올 거라던 춘배, 내 귀여운 애인 춘배는 서러운 아이처럼 한참을 그렇게 울고 또 울었다.

샤넬 No.5

사람들에게 가장 오랫동안 사랑받아 온 샤넬 No.5는 1920년 사람에 의해 처음으로 만들어진 인공 향수다. 그 이전에는, 장미나 자스민 등에서 얻은 날것의 향을 사용했지만 각각의 재료 향이 어우러지지 않고 제멋대로였다. 그때 조향사 에르네스 보가 처음으로 화합물인 '알데하이드'를 섞었고 그 화합물로 인해 제멋대로였던 향들이 한데 어우러져 되어 샤넬 No.5가 탄생했다. 이 향수의 가장 큰 매력은 잔향(殘香)이며 잔향의 핵심은 참나무 이끼다. 참나무 이끼 성분이 향수의 강도와 지속력을 높여 준다. 묵직한 사향(麝香)과 달콤한 바닐라 냄새가 체취와 섞여 육감적인 향이 지속된다.

엄마는 샤넬 No.5의 향을 무척이나 좋아했다. 전 세계에서 30초마다 한 병씩 팔린다는 이 향수는 내가 태어나던 해에 아버지에게서 선물로 받은 거라고 했다. 요즘에 많이 쓰는 스프레이형이 아니라 뚜껑을 뽑은 뒤 검지에 조금 묻혀 귀 뒤쪽이나 손목 부분에 살짝 찍어 바르는, 플라콘 보틀 모양의 유리병이었다. 아까워 맘껏 써 보지도 못했다는 그 향수는 내가 스물일곱 살이 될 때까지 장롱 한 편에 얌전히 놓여 있었다. 엄마가 처음 선물 받았을 때만 해도 상큼한 레몬 빛깔을 띠고 있었다는 그 액체는 세월 탓인지 보리차 색으로 변질돼 버렸다. 몇 년 전에 그걸 꺼내 손등에 한 번 발라 보던 엄마는 "이런 것도 상하나 보다. 구린내가 나네."라며 쯧쯧 혀를 찼다. 20년 넘게 엄마의 옷장 속에 들어 있던 그 향수를 엄마는 끝내 버리지 못하고 죽었다.

병원 냄새가 싫다는 엄마를 집으로 데려온 지 일 년이 조금 지난 어느 날이었다. 아기처럼 밤낮이 바뀌는 바람에 딸이 잠 한 번 편히 못 자게 만들던 엄마는 내가 오랜만에 친구 경희를 만나러 나간 그날, 먹음직스럽게 구워진 돼지갈비 한 점을 입에 넣고 소주 한잔을 막 들이켜던 그즈음에 숨을 거뒀다. 엄마 코에 연결된 튜브에다 유동식으로 된 뉴케어를 주입하다가 사레가 들렸고 평소에도 종종 그런 일이 있었으므로 잠시 쉑쉑거리다 말겠지, 생각하며 요양 보호사 아주머니는 부엌으로 가서 설거지를 하고 있었다고 했다. 그러다 조용해졌는데 그 조용함이 평소의 조용함하고는 다른, 뭔가 숨소리조차 없는 적막함이었고 이상하다 싶어 방문을 열어 보니 엄마의 입이 마치 귀신을 본 사람처럼 떠억 벌어진 채 숨이 멎어 있었다는 거다. 그 즉시 119를 부르고 또 나에게 연락을 한 아주머니는 "엄마가 숨을 안 쉬어!"라고 다급하게 말했다. 전화를 받자마자 젓가락과 고기를 불판 위에 한꺼번에 내던진 채 자빠질 듯 뛰쳐나와 택시를 잡아타고 집으로 왔지만, 엄마는 이미 떠난 뒤였다.

주황색 유니폼을 입은 남자가 조심스럽게 입을 열었다.

"저희가 도착했을 땐 어머님이……."

평소에도 엄마의 마지막 순간을 여러모로 상상해 보았지만 내가 잠시 집을 비운 사이, 뉴케어에 사레가 들려 숨이 넘어가리라고는 생각지 못했다. 엄마를 껴안고 '악악' 소리를 지르며 "안 돼, 안 돼, 가지 마!"라고 울부짖을 때 엄마는 내 몸에서 나는 달콤한 돼지갈비 냄새를 맡았을지도 모른다. "나쁜 년, 의리 없게 저 혼자만 갈비 처먹었구나." 눈을 흘기며 영혼이 빠져나간 건 아니었을까.

한참을 그렇게 울다 조금 정신을 차린 나는 장롱에서 향수병을 꺼내 엄마의 겨드랑이와 귀 뒤, 그리고 조금 전까지 맥박이 뛰던 손목 부위에다 듬뿍 발라 주었다. 지난 일 년 동안 뭉글뭉글한 기저귀에서 풍기던 지린내와 비듬이 허옇게 일어난 두피의 찌든 내 대신 엄마의 마지막 냄새는 샤넬 No.5이길 바랐다. 하지만 죽음 위에 뿌려진 향수에서는 엄마 말마따나 구린내가 났다.

장례를 치르고 한 달쯤 지났을 무렵, 그동안 미뤄 뒀던 엄마의 물건을 정리하기 위해 장롱에 있던 것들을 끄집어냈다. 이불장 서랍 깊숙이, 그러니까 빛바랜 연두색 한복 아래쪽에서 서류 봉투 하나가 나왔다. 열어 보니 그곳엔 '보험 증권'이라고 적힌 종이와 명함이 들어 있었다. 엄마가 휴대폰을 화장실 변기에 빠트려 고장 내는 바람에 그 이후로는 연락이 닿지 않았을 테고 그로 인해 매달 돈을 내지 못해 보험이 자동 해지됐을 거라 생각은 했지만, 혹시 몰라 명함에 적힌 번호로 전화를 걸었다. 유품을 정리하던 중에 이

걸 보게 됐다, 그동안 많이 아프셔서 보험료 내는 걸 챙기진 못했을 거다, 라고 그간의 사정을 전했다. 그러자 전화를 받은 여자는 먼저 조의를 표한 다음 차분한 목소리로 말했다.

"다행히 자동 이체로 해 놓으셨네요."

이제껏 살면서 '자동 이체'라는 말이 그토록 아름다운 단어인지 미처 몰랐다.

"그러니까…… 보험이 아직 살아 있다는 말씀인 거죠?"

"네, 그렇습니다."

그 순간 내가 느낀 감정은 분명 '환희!'였다. 이게 참 엄마가 돌아가신 마당에 보험금 타게 됐다고 마냥 좋아할 일은 아니지만, 지금의 내 처지와 상황만 놓고 본다면 가슴 벅찬 일이 아닐 수 없다. 가족에게 보험금 한 푼 남기지 않고 떠나 버린 아버지가 못내 원망스러웠던 엄마는 나 몰래 보험을 들어 놓았던 모양이다.

내가 열일곱 살이던 그 해, 아버지는 뇌출혈로 쓰러져 수술비와 병원비로 작은 아파트 한 채 값을 고스란히 날려 먹고 숨을 거뒀다. 장례식을 마치고 집으로 돌아와 덩그러니 방에 누워 있던 엄마는 "그 흔한 보험 하나 들어 놓지 않은 건 또 뭐래니."라며 죽은 남편을 원망했다. 세 식구가 살던 스물두 평 아파트는 4천에 월세 30만 원짜리 낡고 오래된 빌라로 바뀌었고 그게 우리가 가진 전부가 되어 버렸지만 어떻게든 살아지겠지, 라며 서로를 달랬다.

살아생전 아버지는 엄마를 집 밖으로 내돌리지 않았다. 남자는 밖에서 돈을 벌고 '자고로 여자는' 집에서 조신하게 살림해야 한다고 생각하는 사람이었다. 엄마 또한 바깥세상에 대해 곱지 않은 시선을 가지고 있던 터라 별 이견을 보이진 않았다. 쓸데없이 어울려 다니며 시답잖은 수다나 떨고 남편 흉이나 보는 여자들의 무식함을 경멸했기에 배운 티가 나는 교양 있는 사람들과 어울리고 싶어 했지만 아쉽게도 엄마 주변엔 그런 부류의 사람들이 없었다.

그러던 어느 날, 평소처럼 몇 가지 밑반찬을 만들고 청소와 빨래를 한 다음 내 방 책장에 꽂혀 있는 책 한 권을 막 뽑아 들던 그 순간 아버지가 쓰러졌다는 느닷없는 전화를 받았다고 했다. 정신없이 병원으로 달려간 엄마는 남편의 입이 왼쪽으로 2센티가량 돌아가 있는 걸 보게 됐고 그 곁에서 차트를 넘기며 서 있던 젊은 의사에게 "급성 뇌출혈인 것 같습니다."라는 말을 들었다. 그로부터 두 번의 뇌 수술과 일 년이 넘는 병원 생활이 지루하게 이어졌지만, 아버지는 결국 '다 귀찮다'는 표정을 지으며 떠나 버렸다.

고3을 코앞에 둔 나는 수험생이 될 것인지 말 것인지에 대해 고민해야 했다.

"너 하나쯤 대학 공부시키는 건 내 얼마든지 할 수 있다."며 큰소리치던 엄마는 집에서 멀찍이 떨어진 동네에 있는 한 음식점에 취직했다. 하지만 들어간 지 채 두 달도 되지 않아 좌골 신경통과 고관절 통증을 호소하며 한의원을 드나들었다. 어깨와 목, 허리와 무릎에다 파스로 도배하고 있는 엄마에게 "그냥 그만두는 게 어때?"라고 말하자, "그치? 버는 돈보다 병원비가 더 들어가게 생겼다, 야."라며 하던 일을 순순히 그만둬 버렸다. 어쩌면 그건 육체의 통증이기 이전에 정신적 부대낌, 말하자면 엄마의 사회성 부족과 결벽증 때문이라고 나는 짐작했다. 어디든 처음 일을 시작하는 초짜에겐 화장실 청소가 기본인데 엄마는 다른 사람들이 똥을 닦고 버린 휴지나 피비린내 나는 생리대를 보며 구역질과 역겨움을 느꼈을지도 모른다. 당신의 교양이 훼손되지 않고 못 배운 사람들과 어울리지 않아도 되는 그런 일자리를 구한다는 게 불가능하다는 걸 알게 된 엄마는 내가 대학을 포기하자 일자리 찾는 것을 그만둬 버렸다.

"그럼, 제가 뭘 준비하면 되나요?"

"오늘 시간 어떠세요. 자세한 건 찾아뵙고 말씀드리도록 하겠습니다."

그녀가 알려 준 것을 메모지에 받아 적고 약속 시간을 정한 뒤 전화를 끊었다. 그런 다음 서류 봉투가 있던 서랍을 다시 뒤졌다. 비닐이 누렇게 변한 통장 두 개와 비교적 깨끗한 상태의 통장 하나가 나왔다. 국민은행 81,420원, 새마을금고에는 35,740원의 잔고가 남아 있었다. 하지만 농협 통장에는 무려 420만 원이나 되는 돈이 들어 있었는데 거래 내역은 2017년 10월을 끝으로 더 이상 찍혀 있지 않았다. 통장 거래 내역을 훑어보니 첫 거래는 2011년 5월, 아버지가 쓰러지고 병원비 때문에 아파트를 팔았던 그 무렵이었다. 엄마는 아파트를 매매한 돈으로 아버지 병원비와 수술비를 대고 이곳 당수동으로 이사 오며 보증금 4천만 원을 제외한 나머지 금액, 그러니까 통장 제일 첫 장에 찍혀 있는 800만 원이 조금 넘는 돈은 아마도 내가 대학에 가게 되면 쓰려고 넣어 둔 모양이었다. 통장 정리를 해 보지 않아 현재 잔액이 얼마인지는 모르겠으나 2017년 9월과 10월에 찍힌 '드림 생명보험'이라는 글자를 확인했다.

카페 앞으로 경주마처럼 윤기가 좌르르 흐르는 검은색 승용차 한 대가 멈춰 섰다. 세련된 보브 커트 머리에 클래식한 정장을 아래위로 쫙 빼입고 가죽으로 된 베이지색 미들 힐을 신은 여자가 차에서 내렸다. '설마 저 여자가 보험 설계사는 아니겠지?' 회색 후드티에 낡은 청바지, 동네 할인 매장에서 만 원에 산 운동화를 꺾어 신은 내가 그 모습을 바라보고 있었다. 하지만 카페 문을 열고 들어온 그녀는 똑바로 내 쪽을 향해 걸어왔다.

"류진주 씨? 어머님하고 눈매가 많이 닮았네요."

어려서부터 아버지 닮았다는 소리를 더 자주 듣긴 했지만 지금 그게 중요한 건 아니었으므로 준비해 간 서류부터 내밀었다. 밑줄 그어진 곳에다 사인하고 계좌 번호를 적어 넣는 간단한 절차만이 남아 있을 거로 생각했다. 그녀는 짙은 고동색 서류 가방에다 내가 건넨 엄마의 '사망 진단서'와 '가족 관계 증명서'를 집어넣은 다음, 내 눈을 바라보며 말했다.

"지금부터 제가 하는 말이 듣기에 따라선 조금 혼란스러울 수도 있을 겁니다."

"혹시, 무슨 문제라도 있다는 말씀이신지……."

"여기 나오기 전에 계약서에 적힌 내용을 읽어 보셨나요?"

"동사무소에 들렀다 오느라 좀 바빠서요."

"그럼 설명에 앞서, 제가 진주 씨 어머니를 만나게 된 얘기부터 해 드리겠습니다."

전혀 궁금하지 않았다. 내가 알고 싶은 건, 돈이 언제쯤 입금되냐는 거였다. 하지만 계약서 내용을 살펴보지 않고 나왔으므로 일단은 그녀의 얘기를 들어보기로 했다.

"제가 김혜자 씨를 처음 만난 건 3년 전, 어느 초가을 날이었어요."

그날, 갑자기 쏟아지는 비를 피해 엄마가 들어가게 된 곳이 '지니서점'이었다고 했다. 비를 맞아 추워 보이는 엄마에게 그녀는 방금 내린 따뜻한 커피 한잔을 건넸고 비가 그치길 기다리며 이런저런 이야기를 나누었다고.

"서점에 꽂힌 책들을 부러운 듯 훑어보시더니, 어려서부터 책을 좋아해서 시인이나 소설가가 되고 싶었지만, 집안 형편 때문에 꿈을 이루지 못했다고 그러셨어요."

엄마는 학창 시절, 장래 희망이 시인이나 소설가가 되는 거였다고 했다. 하지만 가정 형편 때문에 대학에 가지 못해 꿈을 포기할 수밖에 없었다고. 대학을 나오지 않아도 얼마든지 시인이나 소설가가 될 수 있다고 말하자 "그건 네가 뭘 몰라서 하는 말이다. 잘나가는 작가는 다들 대학물을 먹은 사람들이야."라며 하얗게 눈을 흘기곤 했다.

"가난한 부모를 참 많이도 원망하며 살았는데 결국은 나도 똑같은 부모가 돼 버린 것 같다고, 고생만 시킨 딸에게 뭐라도 남겨 주고 싶지만 가진 게 없으니 죽을 염치도 없다며 눈물을 보이시더군요."

거기까지 말한 그녀가 잠시 내 표정을 살피며 물었다.

"지금 이런 얘기가 보험하고 무슨 상관이 있나, 싶으신 거죠?"

"아 네, 아무래도 좀……."

"진주 씨 어머니가 저희 서점에 들어오게 된 건 우연이 아니었어요."

"그게 무슨 말씀이신지……."

"살다 보면 이해할 수 없는 일들이 일어나곤 하잖아요. 상식적이고 일반적인 눈으로는 볼 수 없지만 어떤 간절한 기운으로 인해 끌려 들어가는 블랙홀 같은 세상이 있어요. 말하자면 '지니서점'은 그런 곳이죠. 저는 작은 책방을 운영하고 있지만 조금 특별한 보험을 함께 팔고 있어요. 진주 씨 어머니가 가입하신 '드림 생명보험'도 그런 상품 중에 하나고요."

"특별한 보험……이라는 게 무슨 뜻이죠?"

"쉽게 말하자면, 가입자가 원한 꿈을 수익자가 대신 이뤄 줬을 경우 보험금이 지급됩니다."

그 말을 듣는 순간, 이게 뭔 개뼈다귀 같은 소리냐고 탁자를 내려칠 뻔했다. 세상에 그런 보험이 있다는 말은 들어본 적도 없다. 아무것도 모르는 순진한 사람을 꼬드겨 매달 돈을 받아 처먹고 이제 와서 꿈이니 뭐니 이딴 말도 안 되는 소리로 발뺌을 하자는 거네. 그래, 이건 분명 사기다!

"무슨 말인지 모르겠고, 이때까지 넣은 보험료라도 돌려주시죠."

"이 상품은 환급이 되지 않는 소멸성 상품입니다. 약관에 나와 있으니 확인해 보세요."

더 이상 듣고 앉아 있을 이유가 없었다. 자리를 박차고 일어나려는 내게 그녀가 말했다.

"그리고 이건 도움이 될지 모르겠지만……."

커피잔에 살짝 입술을 적신 그녀가 다시 말을 이었다.

"최근에 보험금을 수령해 간 분이 계세요. 과천에 사는 강치국 씨라고."

보험금을 받아 간 사람이 있다는 말에 잠시 귀가 솔깃해졌다.

"진주 씨 어머님이 가입하신 것과 같은 상품은 아니지만, 결과적으로는 비슷하니까요."

내가 관심을 보이는 듯하자, 그녀도 다시 이야기를 이어 갔다.

함경도가 고향인 강치국 씨의 아버지는 혈혈단신으로 이곳에 넘어와 밑바닥부터 죽어라 일해 돈을 벌었다고 했다. 그 결과 남들이 부러워할 만큼의 재산을 모았지만, 아내가 병으로 죽고 나자 지난날 가족에게 소홀했던 자신의 모습이 죽도록 후회스러웠다. 매일같이 술에 취해 허송세월만 보내던 어느 날, 친구와 술을 마시고 집으로 돌아가던 길에 화장실을 찾아 헤매다 들어오게 된 곳이 바로 '지니서점'이었다고.

"하나밖에 없는 아들과는 남보다 못한 사이가 돼 버렸다며 한참을 우시더군요."

"저기요, 제가 알바를 가야 해서 시간이 별로 없거든요……."

"아들이 계약 조건을 충족했을 경우에 전 재산을 상속받을 수 있는 보험이었습니다. 물론, 저희 쪽에서 지급되는 보험금까지 포함해서 말입니다."

"그런 말도 안 되는 소릴 저보고 믿으라는 겁니까?"

"믿기 힘들겠지만 어디까지나 이건 사실입니다."

"아들이 못 하겠다 그러면, 그 돈 당신들이 먹으려는 거잖아!"

"그럴 경우엔, 계약상 그분이 지정해 놓은 곳에 전 재산을 기부하게 되어 있습니다."

"그 소릴 듣고 강치국인지 김칫국인지 하는 사람이 뭐라고 하든가요?"

"말보다 행동을 했죠."

마약 사범으로 수감돼 있던 강치국 씨는 구치소 면회실에서 의자를 집어 던지며 난동을 피웠다고 했다. 그리고 출소하자마자 제일 먼저 그녀를 찾아왔다고.

"사시미 칼을 들고 나타났더군요."

나는 고개를 끄덕였다. 그 심정, 충분히 이해할 수 있었다. 처음부터 없던 돈인데도 이렇게 화가 나는데 당연히 자기가 물려받아야 할 유산이 몽땅 날아가게 생겼는데 사시미 칼이 아니라 도끼를 들고 설친대도 시원찮은 판국이었을 거다.

"궁금하실 테니 우선 결과부터 말씀드리자면 강치국 씨는 얼마 전에 보험금 전액을 수령해 가셨습니다. 아버님이 사망한 뒤 3년, 정확히는 2년 8개월 만에 그분의 뜻을 이루게 되었으니까요. 원하신다면 강치국 씨를 직접 만나게 해 드릴 수도 있습니다."

그는 현재, 탈북자 가정을 돕는 일을 하고 있으며 자신이 어린 시절부터 꿈꿔 왔던 작은 놀이공원을 직접 설계해 내년쯤 문을 열 예정이라고 했다.

"놀이공원 이름을 '드림랜드'로 짓겠다고 하더군요. 그리고 기회가 되면 이 보험에 가입한 다른 분들에 대한 이야기도 들려드리죠. 자 그럼, 다시 어머니 이야기로 돌아가 볼까요."

그녀는 서류 가방에서 파일 하나를 꺼냈다. 거기엔 '김혜자'라는 이름이 큼지막하게 적혀 있었다. 필체를 보니 엄마가 쓴 게 분명했다. 이름 뒤에 작은 동그라미를 마침표 대신 그려 넣는 건 엄마의 오랜 습관이었다.

"계약서에 적힌 조건은 바로 이겁니다. 따님인 류진주 씨가 작가가 되는 것. 이게 쉬워 보여도 그리 만만한 게 아닙니다. 글을 쓴다고 해서 모두 작가가 되는 건 아니니까요."

"그래서 뭐 어쩌라고요. 어디 공모전 같은 데 응모해서 상이라도 타 오라는 겁니까?"

"요즘은 돈으로 등단을 사고파는 문예지도 많다고 하니 그 방법은 제외했습니다. 대신, 저희 쪽에 최대한 공정하게 판단해 주실 분이 계시니 그건 걱정 안 하셔도 됩니다."

"공정한 판단이라니, 그걸 내가 어떻게 믿습니까!"

"선택은 자유입니다. 만약 이 조건을 받아들일 경우, 여기 적힌 메일 주소로 글을 보내 주시면 됩니다. 그런 다음, 저희 쪽에서 '적

합하다'는 판단이 내려지면 진주 씨 계좌로 보험금 2억이 지급되는 겁니다."

이건 분명 악몽일 거야. 카페를 나와 집까지 어떻게 걸어왔는지 생각이 나지 않는다. 정신을 차려 보니 식탁 위에 올려져 있는 엄마의 영정 사진을 보고 앉아 있었다.

"엄마, 지금 장난해? 그냥 몇천만 원이라도 좋으니 지금 당장 내 통장에 꽂힐 수 있는 걸 들어놨어야지. 엄마 꿈을 내가 대신 이뤄 준다는 게 말이 되냐고. 학교 다닐 때 백일장 나가서 상 몇 번 타 온 거 가지고 뭔가 착각을 한 모양인데 나는 그럴 능력이 안되는 사람이야. 엄마가 그랬잖아. 작가는 대학물 먹은 사람들이나 하는 거라고. 여태 음식점 서빙이나 편의점 알바 같은 걸 하면서 살아온 난데 이제 와서 뜬금없이 글을 쓰라니. 그래, 쓴다 치자. 그다음엔 뭐 어쩔 건데. 걔들한테 인정받아야 돈을 준다잖아. 엄마는 왜 죽어서까지 날 힘들게 하는 건데, 왜!"

한참을 그렇게 퍼붓고 나자 배가 고팠다. 일단 라면이라도 하나 끓여 먹고 잠이나 푹 잔 다음 잊어버리면 된다. 그동안은 엄마 때문에 제대로 일을 못 해서 그렇지 풀 타임으로 뛰면 지금보다 월급도 더 받을 수 있다. 근데, 왜 이렇게 화가 나지? 왜 이렇게 눈물이 나는 거냐고, 씨발……!

몸이 안 좋아 하루 쉬겠다고 음식점 사장에게 전화했다. 엄마 장례를 치르고 일주일을 쉬었던 탓에 전화를 받는 사장 목소리가 떨떠름했다. 보험금만 나오면 당장 때려칠 수 있을 거라 생각했는데 이젠 그러지도 못하게 됐다. 음식점에서 편의점으로, 옷 가게에서 빵집으로, 이 지긋지긋한 생활도 벌써 7년이 넘어가고 있었다.

아버지가 떠난 뒤, 엄마는 식탁 위에 쌓여 가는 고지서 더미를 죽은 쥐의 시체 마냥 마트 전단으로 덮어 놓은 뒤 들춰 보지 않았고 걸려 오는 전화도 대부분 받지 않았다. 그런 엄마가 나에게 대학에 가라며, 너 하나쯤은 얼마든지 공부시킬 수 있다고 장담하는 것을 나는 믿지 않았기에 미련 없이 대학을 포기했다. 친구들이 꿈에 부푼 대학 생활을 시작할 무렵, 나는 수원역 먹자골목에 있는 '허세쩐닭'이라는 치킨집에 취직했다. 한 달에 두 번 쉬고 주말까지 일하면 140을 주겠노라 사장이 말했고 그날부터 나는 닭 냄새에

쩔어 돈을 벌었다. 늘 빠듯한 생활이긴 했지만, 월급이 들어오는 날에는 엄마와 돼지갈비도 구워 먹고 월세와 공과금을 내며 그럭저럭 살아가고 있었다. 그러던 어느 날, 우리에게 예기치 못한 손님이 찾아왔다. 엄마 나이 쉰넷, 알츠하이머라고 했다.

사람마다 질병을 유발하는 유전자라는 게 있다고 쳤을 때 엄마 집안엔 '치매'라는 가족력이 있었다. 엄마의 엄마, 그러니까 외할머니도 치매를 앓다 돌아가셨고 할머니의 둘째 언니와 막내 여동생도 마찬가지였다. 엄마에겐 여동생이 하나 있었지만 어려서 장티푸스로 죽는 바람에 이모에게도 그런 유전자가 있었는지는 확인할 길이 없다.

엄마에게 증상이 나타나기 시작한 게 정확히 언제부터였는지는 잘 모른다. 호박과 감자를 넣어 심심하게 끓여 주던 된장찌개는 가끔 '강된장'이 되어 식탁에 올라왔고 돼지고기를 숭숭 썰어 넣고 끓인 김치찌개는 어느 날부턴가 냄비 바닥에 '짜글이'처럼 바짝 졸아버리곤 했다. 얌전한 고양이처럼 잠버릇이라곤 없던 엄마가 한밤중에 미친 듯이 소리를 지르며 침대에서 굴러떨어지는 바람에 달걀만 한 혹이 이마에 생기기도 했지만, 딱히 심각하게 받아들이진 않았다. 장마가 시작되던 7월의 어느 날, 엄마의 황당한 독백을 듣기 전까지는 말이다.

"아빠가 우산을 들고 나가지 않았는데 비가 많이 와서 어쩐다니……."

비 내리는 창밖을 멍하니 내다보고 있던 엄마가 혼잣말처럼 중얼거렸다.

"엄마, 뭔 소리야. 왜 그래?"

"진주야, 아빠한테 전화 좀 해 봐라. 어디까지 오셨나……."

그날 나는 뜬눈으로 밤을 지새운 다음, 아침 일찍 엄마를 병원에 데려갔다. 검사 결과는 일주일 뒤에 나왔다. 담당 의사가 컴퓨터 화면에 띄워 놓은 흑백 사진을 보여 주며 말했다.

"제 소견으로는, 알츠하이머가 아닐까 싶습니다."

초로기 치매가 발병하는 경우, 노인들과는 달리 진행 속도가 빠르게 나타날 수 있으며 이로 인해 운동 신경이 점점 퇴화하고 음식물을 삼키는 데 어려움이 생길 수 있다고 했다. 어쨌거나 좀 더 지켜보자는 의사의 말대로 그때부터 나는 엄마를 유심히 살펴봤다.

병원에 다녀온 뒤로 엄마는 의사의 말이 사실이라는 것을 증명

해 보여 주겠다는 듯 온갖 다양한 증상들을 쏟아 냈다. 급기야는 볼일을 보고 난 다음 바지를 올리지 않고 화장실에서 걸어 나오다 세 살짜리 어린애처럼 넘어지기도 했는데 그 모습이 마치, 메소드 급 연기에 빠져 있는 배우 같아 보였다. 영화 '나의 왼발'에서 마비 환자 역할을 맡았던 다니엘 데이 루이스처럼.

알츠하이머 진단을 받은 지 2년이 되어 갈 무렵, 동네 노인 복지 회관에 있는 '힘내세요 어르신!'이라는 프로그램에 엄마를 등록시켰다. 남편이 치매를 오래 앓다 돌아가셨다는 옆집 할머니의 조언 때문이었다. 혼자 집에만 들어앉아 있으면 사람이 더 추해진다며 어디든 자꾸 밖으로 데리고 나가야 한다고 했다. 하지만 교양을 최고의 미덕으로 여기던 엄마가 눈곱 낀 얼굴로 침을 흘리며 다가와 귀신처럼 얼굴을 들이미는 할머니 할아버지들 속에 앉아 고역을 겪다 보니 스트레스로 인해 병세가 더욱 악화되는 듯 보였다. 그런데도 엄마를 복지관에 계속 보낼 수밖에 없었던 이유는 돈 때문이었다. 아르바이트를 그만두고 엄마 곁에만 붙어 있을 형편이 못 됐다. 치매 환자에게 가장 필요한 건 돈으로 살 수 있는 노동력이고 그 돈을 벌기 위해 나는 일을 해야 했다.

"엄마, 차 올 시간 다 됐어. 빨리 나와."

"배 아파서 못 가."

"왜 그래 또. 가기 싫어?"

"응. 가기 싫어……."

"오늘만 갔다 오자. 저녁에 삼겹살 구워 줄게."

그날따라 엄마는 복지관에 가기 싫다고 화장실 문까지 걸어 잠그고 애를 먹였다. 그런 엄마를 살살 달래 셔틀버스에 억지로 태워 보낸 바로 그날, 사고가 났다. 버스에서 다리를 달달 떨며 내리던 엄마가 복지사의 손을 놓쳐 "어쿠야!" 하고 바닥에 주저앉아 버렸고 그 바람에 엉덩이뼈와 손목에 금이 갔다고 했다. 응급실에 웅크리고 누워 있는 엄마를 보자 미안한 마음에 눈물부터 왈칵 쏟아졌다.

"이제 복지관 안 가도 되겠네. 좋아?" 아이처럼 엄마가 활짝 웃으며 말했다. "응, 완전 좋아." 소원대로 그날 이후로는 복지관에 더 이상 가지 않게 되었지만, 꼼짝 못 하고 누워 있는 엄마의 뼈마디는 나날이 녹슬고 부식되어 갔다.

병원 냄새가 끔찍하게 싫다며 죽어도 집에서 죽겠노라 고집을 피우는 탓에 어쩔 수 없이 엄마를 집으로 데려왔다. 옆집 할머니의 조언에 따라 거동이 불편한 상태에서 치매 등급을 올려 받아 놓았기에 의료기 매장에서 환자용 전동 침대도 임대해 올 수 있었다. 뼈가 제대로 붙을 때까지 될 수 있으면 움직이지 못하게 했더니 그때부터 엄마는 앉고 서고 걸어 다니는 걸 웬만해선 하지 않으려 했다. 그런 엄마를 요양 보호사 아주머니가 휠체어에 태워 산책시켜 주곤 했는데 한번은 옆집 할머니가 집 밖으로 나를 조용히 불러내더니 슬쩍 귀띔해 주었다.

"저 여편네 말이다. 아주 몹쓸 년이더라."

신발도 없이 양말 하나만 달랑 신겨 나와서는 엄마를 휠체어에 앉혀 두고 휴대폰만 보고 있더라는 거였다. 나는 문제의 요양 보호사를 바꿔 달라고 홈케어센터에 항의했고 그 후로도 이러저러한 이유로 몇 번 더 바꾸긴 했지만, 딱히 흡족한 사람을 찾지 못했다. 그러다 한 번은 정말 마음에 쏙 드는 분을 만나게 됐는데, 그 아주머니는 김치며 밑반찬을 챙겨다 주기도 하고 돈벌이에 지친 나를 안타까운 눈으로 바라보며 밀린 집안일까지 대신해 주었다. 이모처럼 고모처럼 내가 믿고 의지하던 분, 바로 그 아주머니가 뉴케어에 사레들린 엄마를 놔두고 설거지하다 혼자 숨이 컥 막혀 죽게 만든 장본인이었다.

엄마의 장례를 치르고 얼마 지나지 않아 홈케어센터에서 연락이 왔다. 지난달 이용 대금이 아직 입금되지 않았다는 거였다. 그 말을 듣는 순간, 속에서 뭔가가 울컥 올라왔고 '이것들이 지금 미쳤나!'라는 생각마저 들었다. 맘 같아서는 그냥 사실대로 다 까발리고 잘잘못을 따져 묻고 싶었다. 요양 보호사의 임무는 환자를 안전하게 보살피는 거잖습니까! 누가 집안일 해 달라 그랬어요! 내가 곁에 있었더라면 엄마를 그렇게 허망하게 떠나보내진 않았을 거라고, 목구멍에 가시처럼 걸려 있던 원망을 뱉어내고 싶었다. 하지만 그 순간, 사소한 기억 하나가 말을 앞질렀다. 아주머니는 목욕시킬 때면 따듯한 물에 적신 두꺼운 수건으로 엄마의 야윈 어깨를 덮어 주었고 조그만 플라스틱 바가지로 더운물을 계속 끼얹어 주며 다정하게 말했다. "진주야, 이렇게 해 줘야 엄마가 춥지 않아……."

그건 진심을 가진 사람만이 할 수 있는 행동이었다. 그래, 이제와서 누구의 잘잘못을 따져 본들 무슨 소용이 있겠나. 그 시간에

돼지갈비나 처먹고 있던 딸년이 할 말은 아니었다.

"못 할 건 또 뭐야. 너 글 잘 썼잖아, 상도 여러 번 타고. 중학교 다닐 때 네가 쓴 글, 나 아직도 기억하는데. 제목이 뭐였더라. 암튼 길고양이에 대해 썼던 그거, 국어 쌤도 엄청 칭찬해 줬잖아. 거기다 넌 책도 많이 읽고 나처럼 문병도 아닌데 뭔 걱정이야."

"문맹도 아니고 문병은 또 뭐냐."

"뭐긴 뭐야, 문학 병신이지."

"근데 오늘은 원장이 뭐라고 안 해? 딴짓하면 난리 난다며."

"아 몰라, 담배 한 대 피우러 나왔다가 전화했어."

하루 종일 크고 작은 머리통에 샴푸를 칠해 벅벅 문지르다 보니 손바닥 껍질이 홀랑 벗겨지고 손목도 맛이 갔다고 했다. 거기다 독한 파마약과 염색약 냄새 때문에 두통이 낫질 않는다며 습관적으로 관자놀이를 꾹꾹 누르던 경희였다.

"그게 말처럼 쉽냐?"

"쉬우면 개나 소나 다 하지 어떤 미친놈이 너한테 2억을 줘?"

"그 돈 없어도 살아. 어차피……."

"그래, 어차피! 지금도 개털인데 더 나빠질 것도 없잖아."

귀가 얇아서일까. 경희가 하는 말을 듣고 있자니 못 할 건 또 뭐냐는 생각이 들긴 했다. 2억이라는 돈을 그냥 포기하자고? 지긋지긋한 알바 따위 안 해도 되고 네일 아트를 배워 작은 가게라도 열면 사장님 소리 들으며 살 수 있다. 경희 말마따나 애초부터 개털인 내가 손해 볼 것도 밑질 것도 없는 장사긴 했다.

"한번 해 봐?"

"해 봐. 후회하지 말고, 이년아!"

그날 밤, 빨간 매직으로 '2억'이라고 쓴 종이를 책상 앞에 갖다 붙였다. 그리고 다음 날부터 일을 마치고 돌아오면 김밥이나 라면으로 대충 배를 채우고 노트북 앞에 앉았다. 되든 안 되든 일단 써 보는 거야! 빈 화면에 제목부터 적어 넣었다. 어린 시절, 골뱅이 깡통을 핥아먹고 있던 새끼 길고양이를 데려와 키운 적이 있다. 아파트로 이사 올 무렵, 외할머니 집에다 데려다 놓은 골뱅이는 새끼 두 마리를 낳고 사라져 버렸다. 무심하게 떠나 버린 골뱅이를 그리워하며 썼던 글이었다.

글을 써 보려 앉아 있으니 평소엔 무심히 흘려들었던 이웃의 작은 소음도, 너무 밝은 창문도, 친구 경희의 전화도, 날아가는 저 새도 모두가 나를 방해하고 있었다. 일 때문에 너무 지쳐서 그런가? 그래, 시급 9천 원짜리 일에 평생 매달려 살 수는 없다. 음식점 사장에게 전화를 걸어 이번 주까지만 일하겠다고 말했다. 젊디젊은 애들이 차고 넘치는 알바의 세계에 나 하나 그만둔다고 아쉬워할 사람도 아니었다. 두 달 후면 빌라의 계약이 만료되니 그때 집을 빼서 반지하나 옥탑으로 방을 옮기기로 했다.

당수동 낡은 빌라를 나와 작은 옥탑방을 얻었다. 보증금 오백에 월세 삼십만 원짜리, 이젠 정말 더더욱이나 그 돈을 포기할 수 없게 돼 버렸다. 도서관을 드나들며 하루에 책 한 권씩은 무조건 읽었다. 하지만 읽으면 읽을수록 읽어야 할 책들이 늘어났다. 신춘문예 당선작들도, 이상문학 작품집도, 젊은작가상을 받은 사람들의 소설도 닥치는 대로 읽었다. 외국 작가들이 쓴 소설도 읽어 나갔다. 히가시노 게이고의 다채로운 추리 소설과 섬세하고 아름다운 글발의 소유자인 에쿠니 가오리의 책들, 무조건 재밌고 보자는 오쿠다 히데오의 소설, 그 외에도 잘 팔리는 베스트 셀러 위주로 섭렵해 나갔다. '연금술사'를 쓴 파울로 코엘료, 변호사 출신 소설가 존 그리샴의 책들도 빠짐없이 읽었다. 대학을 나오지 않았음에도 대작가가 된 레이먼드 카버의 소설은 중고 서점에서 한꺼번에 구입해 소장했다. 그리고 공모전에서 상을 받은 사람들이 한 번쯤 거쳐 갔다는 신촌의 H문화센터에 강의를 두 개나 신청했다. 소설 작법과 플롯 짜기에 대한 수업이었다. 머리를 식힐 때는 소설을 원작으로 만든 영화를 보며 좋은 대사들이 나올 때마다 받아 적었다. 그렇게 몇 번의 계절이 지나 다시 봄이 오고 있었다.

지난 일 년 동안, 열 편 정도의 글을 써서 메일로 보냈다.

원고지 80매 분량의 첫 번째 소설을 보낸 뒤 그들로부터 받은 답신은 이러했다.

보내 주신 글은 잘 읽어 보았습니다. 다음번 글을 기대해 보겠습니다.

스크롤을 밑에까지 죽죽 내려 보았지만 그것뿐이었다. 진짜 딱 한 줄. 한 번에 될 거란 기대는 없었으니 실망은 하지 않기로 했다. 그로부터 한 달 뒤, 두 번째 글을 보냈다. 처음 것보다 조금 더 열심히 썼다.

도입 부분은 그나마 참신했습니다. 다음번 글을 기대해 보겠습니다.

세 번째 글을 보냈다. 이제껏 쓴 어떤 글보다 재밌게, 아주 재밌게 쓴 글이었다.

제법 웃기긴 했습니다만, 다음번 글을 기대해 보겠습니다.

다섯 번째 글을 보냈다. 아주 흥미진진한 보험 사기에 대한 소설이었다.

'그것이 알고 싶다'에 나온 내용과 흡사하더군요. 좀 더 창의적인 글을…….

여섯 번째, 일곱 번째, 여덟 번째, 아홉 번째 글을 보냈지만, 매번 비슷한 답장이 돌아왔다. 열 번째 글은 영혼을 잃어버린 한 여자에 대한 이야기였다. 제법 완성도를 갖춘 소설이었고 어쩌면 이 번만큼은 긍정적인 답장을 받을지도 모른다고 내심 기대했다.

이번 글은 소울이 없군요. 마무리 부분이 그나마 인상적이었습니다.

영혼을 잃어버렸으니 소울이 없는 얘기가 맞잖아. 제기랄!

그녀에게서 연락이 온 건, 밤낮으로 고치고 두드려 댄 열네 번째 소설을 보낸 다음 날이었다. 잠시 만나자고 했고 나 역시 메일로 보내오는 짧은 감상평만으로는 더 이상 버티기 힘들었다. 멋모르고 글을 써 댈 때는 보이지 않던 것들이 요즘 들어 조금씩 보이기 시작했다. 그동안 써 보낸 글들이 얼마나 허접쓰레기였는지, 적어도 문제가 무엇인지 정도는 알게 됐다. 다른 작가들이 쓴 좋은 글을 읽을 때면 눈물이 날 만큼 부럽기도 했다. 언젠가는 나도 이런 소설을 쓸 수 있을까, 희망과 좌절 사이에서 메뚜기처럼 뛰어올랐다 고꾸라지길 반복하고 있었다. 그러다 가끔은, 돈 때문이 아니라 진짜 좋은 글을 써 보고 싶다는 욕심이 생기기도 했다. 마음에 드는 문장 하나를 완성하는 일이 얼마나 힘들고 지난한 과정인지를 알게 된 셈이었다. 하지만 끝이 어딘지도 모르고 무조건 달릴 수만은 없었다. 그녀를 만나 무슨 말이라도 들어야 했다.

"그동안 잘 지냈어요?"

"어때 보여요?"

"좋아 보이네요."

"죽지 못해 버티고 있는 걸로 보이진 않나요?"

"그래 보이진 않는데……."

"오늘 왜 만나자고 한 거죠?"

"칭찬해 주려고요. 진주 씨 이번 글, 좋았거든요."

그녀의 칭찬이 고맙긴 하지만 그렇다고 배꼽 인사를 할 마음은 없었다. 그래서 돈을 주겠다는 겁니까, 말겠다는 겁니까? 본론을 말하라고요 본론을! 탁자라도 내려치고 싶었지만, 그 정도로 막 나가진 못했다. 어차피 포기할 수도 없게 돼 버렸으니 원만한 관계를 유지하며 어떻게든 완주해 내야 했다.

"오늘 진주 씨를 보자고 한 건, 그래도 아주 잘하고 있다는 말을 해 주고 싶었어요. 어쩌면 거의 다 왔는지도 모르죠. 도움이 될까 해서 책을 좀 가져왔는데…….

그녀 곁에 놓여 있던 파란색 종이 가방에 혹시 돈이 들어 있는 건 아닐까, 내심 기대했었다.

“책이라면 신물이 올라올 정도로 읽고 있어요.”

실망한 내 마음을 눈치챘는지 그녀는 조금 미안한 표정을 지으며 말했다.

“진주 씨가 지금 어떤 마음일지 잘 알아요. 저 역시 겪어 봤으니까.”

“도대체 뭘 겪어 봤다는 거죠?”

그녀는 핸드폰을 꺼내더니 내게 사진 한 장을 보여 줬다. 하얀 가운을 입은 단아하고 아름다운 중년의 여자가 웃고 있는 사진이었다. 처음 보는 사람이지만 왠지 낯설지 않았다.

“저희 엄마예요. 저를 이쪽 길로 밀어 넣은 장본인이기도 하죠.”

원래 그녀의 직업은 보석 디자이너였다고. 다이아몬드나 사파이어 같은 보석을 렌더링하는, 국내에서는 아직 그걸 전문으로 하는 사람이 그리 많지 않을 때여서 제법 잘나갔다고 했다. 엄마만 아니었다면 지금도 그 일을 계속하고 있을 거라고. 그렇다면 무슨 이유로, 하던 일까지 그만두고 작은 책방의 주인이 된 거냐고 물었다.

“엄마가 돌아가시고 얼마 지나지 않아 이상한 전화 한 통을 받게 됐어요.”

그렇게 시작된 그녀의 기나긴 사연을 들었다. 듣고도 믿기지 않는 이야기였다. 나라면 절대 그런 선택은 하지 않았을 거라고 절레절레 고개를 흔들자, 미소 띈 얼굴로 그녀가 말했다.

"언젠간 진주 씨도 다른 누군가에게 지금의 얘기를 하게 될 날이 오지 않을까요?"

오늘이 월급날이라며 치킨과 맥주를 사 들고 온 경희가 탁자 위에 올려놓은 책 무더기를 한쪽으로 밀쳐 놓으며 신세 한탄을 했다. 다 먹고 살자고 하는 짓인데 어떨 땐 먹는 것도 사는 것도 지겨워 죽겠다며 맥주 캔 하나를 캭 따서 벌컥벌컥 마셨다.

"어렸을 때부터 헤어 디자이너가 되는 게 꿈이었다며."

힘은 좀 들어도 하고 싶은 걸 하고 살면 그나마 낫지 않겠냐고.

"나도 그런 줄 알았지. 근데 돈벌이가 되는 순간 그것도 다 지긋지긋해지는 거야."

관자놀이를 꾹꾹 누르던 경희가 갑자기 내 손에 들려 있던 치킨 조각을 냅다 뺏었다.

"야, 퍽퍽 살 말고 닭 다리 뜯어!"

"됐어, 닭 다리 먹고 나면 딴 게 맛이 없잖아."

"잘 먹지도 못하고 콧구멍만 한 방에 처박혀 이게 뭔 희망 고문이래냐."

"희망 고문은 둘째치고 항문 고문이다 아주. 글만 안 나오는 게 아니라 똥도 안 나와요."

용쓸수록 안 나오는 건 글이나 똥이나 매한가지라는 내 말에 경희가 깔깔 웃었다.

"너 나중에 보험금 받으면 얘한테 절해야겠다. 힘들었던 모든 순간을 꿋꿋하게 버텨 준 제 항문에게 이 영광을 바칩니다!"

경희는 내 손에 닭 다리를 쥐여 주며 책상 위에 올려놓은 종이 가방을 턱으로 가리켰다.

"오늘 그 여자 만나고 왔다더니 저건 뭐냐?"

그녀가 주고 간 파란색 종이 가방에는 레몬 빛깔의 유리병 하나가 그려져 있었다. 집에 오는 길에 엄마의 샤넬 향수병을 떠올린 건 그 때문인지도 몰랐다.

"나 아까 문득 그 기억이 나더라. 내가 어렸을 때, 그러니까 그게 몇 살이었는지는 정확히 모르겠는데 아무튼 아주 어렸을 때야. 엄마가 아빠하고 싸운 뒤에 집을 나간 적이 있었거든. 그래서 내가 대문 밖에 쪼그리고 앉아 하염없이 골목 끝만 바라보고 있는데 밤이 돼도 엄마가 안 들어오는 거야. 오줌보가 터질 것 같았는데도 움직일 수가 없었어. 엄마 냄새를 다시는 맡을 수 없을지도 모른다 생각하니 너무 슬퍼서……. 난 엄마 몸에서 나는 냄새가 참 좋았거든. 분 냄새 같기도 하고 살냄새 같기도 한, 왠지 안심되는 냄새. 그래서 엄마 베개에 코를 박고 킁킁 냄새를 맡다가 갑자기 그게 생각난 거야. 특별한 날만 아껴 바르던 엄마의 샤넬 향수. 장롱에서 그걸 꺼내 냄새를 맡다가 깜박 잠이 들었는데 자다 일어나 보니 병이 엎질러져 있더라고. 어린 맘에도 큰일 났다 싶었지. 엄마가 그토록 아끼는 건데. 그래서 거기다 주전자에 있던 보리차 물을 조금 부어 넣었던 기억이 나. 엄마는 죽을 때까지 그것도 몰랐을 거야, 아마……."

닭가슴살에 붙어 있는 연골을 오도독오도독 씹으며 경희가 말했다.

"평생을 자식들한테 속다 가는 게 부모 인생이야."

엄마가 모르는 건 또 있었다. 내가 정말 하고 싶은 게 뭔지, 어떤 사람이 되고 싶은지에 대해 묻지 않았다. 아니 어쩌면, 내 기억에 없을 뿐 그런 얘기를 몇 번쯤 했을지도 모른다. 그림 그리는 게 좋다고 했을 땐 미술 학원에 보내 줬고 피아노가 배우고 싶다고 졸랐을 땐 중고 피아노를 사 줬으니까…….

만약 내게도 꿈이 있었다면 어디쯤에서 그걸 잃어버린 걸까, 아니면 처음부터 없던 거였나. 아버지가 죽고 엄마와 나, 둘만 남겨진 뒤로는 먹고사는 게 급급해 꿈 같은 건 꿈도 꾸지 못했다. 엄마가 알츠하이머병에 걸린 뒤로는 복권에 당첨되는 게 나의 유일한 꿈이었다.

늦은 밤, 버스 타는 데까지 배웅해 주겠다며 경희를 따라나섰다.

"지난번 보낸 게 열세 번째였나?"

"열네 번째."

"많이도 썼다."

"이번엔 또 뭘 쓰지……."

"너무 어렵게 생각하지 말고 쓰고 싶은 걸 써 봐."

"내가 쓰고 싶은 거……?"

"아줌마 얘기 어때? 캐릭터 완전 독특했잖아."

"하긴, 우리 엄마가 좀 유별나긴 했지. 근데 무슨 얘기를 쓰지?"

"일단 생각나는 대로 시작해 봐."

"우리 엄마는 샤넬 No.5의 향을 무척이나 좋아했다, 이렇게?"

"그래, 그렇게."

집으로 돌아와 옥탑방 창문을 활짝 열고 노트북을 켰다.

커튼을 밀어 올린 밤공기에서 참나무 이끼 향이 나는 듯했다.

열다섯 번째 소설은, 나의 엄마에 대한 이야기다.

소설 속
인물

그는 두어 달 전에 시흥에 방을 얻었다. 보증금 500에 월세 35만 원. 집세보다 모텔값이 더 나가기 때문이라고 했다. "하루에 4만 원씩, 한 달에 우리가 숙박비로 쓰는 돈만 해도 장난 아니잖아. 그럴 바에야 방을 얻는 게 낫지." 안산에서 부모님과 함께 18평 아파트에 살고 있던 그는 그렇게 집을 나와 방 한 칸을 새로 마련했다.

다세대 주택 꼭대기 층. 일곱 평짜리 원룸에는 주방과 침실, 욕실과 거실이 미니어처처럼 들어 있었다. 옷을 정리해 두는 수납장과 옷걸이를 욕실 벽면으로 붙이고 거기서 한 걸음 정도 아래에다 매트리스를 깔았다. 누우면 발이 닿는 벽 쪽으로는 책과 노트북이 놓여 있는 넓은 책상 하나가 있고 그 옆으로 텔레비전과 2인용 앉은뱅이 소파를 들여놨다. 박스 3개 정도를 쌓아 올린 크기의 작은 냉장고와 전자레인지, 세탁기와 싱크대가 있는 주방이 현관 입구 쪽에 붙어 있고, 햇빛이 잘 들지 않는 작은 창 위로 색깔이 누렇게 바랜 에어컨 하나가 달려 있었다.

이제 퇴근하면 집에서 편히 쉴 수 있겠네. 밖에서 괜히 돌아다니지 않아도 되잖아. 근데 청소기는 인터넷에서 주문하는 게 낫겠지? 아 맞다. 그거 사야 한다 그거. 다이소에서 그릇과 냄비, 숟가락과 프라이팬을 고르며 그는 즐거워했다. 그리고 동네에 있는 '홈스마일 침구'에서 짙은 코발트색의 이불과 매트리스 커버, 같은 색깔의 베개 세트도 새로 샀다. 집 비밀번호는 우리가 처음 만난 날인 4월 26일, 0426이었으며 그의 직장까지는 차로 20분 거리였다. 하지만 그가 방을 얻은 진짜 이유는 따로 있었다.

그의 집에서 10분 정도 걸어가면 마트가 나왔다. 입구에는 수많은 물건이 포장되어 날라졌을 종이 상자들이 켜켜이 쌓여 있는 제법 큰 마트였다. 과일과 채소들이 구획을 지어 색색깔 종류대로 놓여 있고 냉장 식품들이 가지런히 정리된 우측 벽면을 따라 내려가

다 보면 고기를 파는 정육점과 생선 코너가 나온다. 오징어를 좋아하는 그를 위해 3일에 한 번 정도는 생선 코너에서 생물 오징어를 샀다. 국을 끓이기 위해서 청량고추와 무를 고르고 볶음을 하는 날엔 양파와 애호박을 골라 담았다. 과자와 라면이 있는 진열대를 들리기도 하고 전면이 유리로 되어 있는 냉동고 앞에서 만두나 돈가스를 고른 다음 좌측 벽 쪽으로 늘어서 있는 주류 코너에 가서 소주 두 병을 집어 계산대로 가는 식이었다.

오늘도 마트에 오기 전 그에게 문자를 보냈다. '뭐 먹고 싶어?' 3분쯤 지나 답장이 왔다. '그냥 아무거나.' '진짜 먹고 싶은 거 없어?' 늘 비슷한 패턴으로 흘러가던 문자는 '지금 바빠.'라는 그의 대답으로 마무리되곤 했다. 콕 집어, 뭐가 먹고 싶다 말해 주지 않을 땐, 돼지고기와 감자가 들어간 고추장찌개나 냉동 꽃게를 넣은 해물탕을 끓여 주기도 하지만 마땅한 게 없을 땐 주로 오징어나 삼겹살을 사서 돌아왔다.

시장 봐온 것을 정리하고 노트북 앞에 앉았다. 출판사에 다니는 선배 언니가 용돈이나 벌어 쓰라며 원고 편집하는 일을 맡겨 주곤 했는데 교정이나 교열 정도만 해 줄 때보다 윤문이나 리라이팅 작업을 도와주면서부터 제법 돈이 되는 일거리였다. 대학을 졸업하고도 별다른 직업 없이 아르바이트하며 지내던 나를 출판사에 취직시켜 준 것도 선배 언니였다. 직원이 세 명밖에 되지 않는, 평판은 좋으나 팔리지 않는 책을 만드는 그런 곳이었다. 연희동에 있던 출판사는 월세를 감당하지 못해 망원동으로 사무실을 옮겼지만 결국 문을 닫았다.

퇴직금 대신 밀린 월급을 챙겨 주며 사장이 말했다. "지나 씨도 글을 한번 써 보는 건 어때요?" 미안한 마음에 덕담처럼 얹어 준 말이라 할지라도 그게 씨가 되어 가슴속에 싹을 틔웠다. 하지만 그 싹이 자라 나무가 되고 꽃을 피우지는 못했다.

언니 집에 얹혀 무전취식하는 시간이 길어져만 갔다. 형부가 가끔 찔러 주는 용돈이나 조카들이 흘리고 다니는 동전을 모아 삼각김밥과 라면을 사 먹으며 도서관에서 글을 썼지만 그렇다 할 성과는 없었다. 취직 안 할 거면 시집이라도 가라는 언니의 타박이 점점 심해지자, 구인 사이트를 뒤지기 시작했다. 작은 출판사에서 3년간 편집 일을 했다는 것 말고는 지방대 출신인 내가 이력서에

써넣을 건 별로 없었다. 추위에 곱은 손을 호호 불며 창문 너머 따뜻한 방을 들여다보고 서 있는 성냥팔이 소녀처럼, 메이저 출판사들을 노트북 화면에 띄워 놓고 나에게도 기회를 달라며 성냥만 그어 대고 있었다.

이력서를 넣는 곳마다 퇴짜를 맞고 있던 그 무렵, SNS에다 간간이 나의 일상에 대한 글을 올렸고 그런 내 글에 언제나 첫 번째로 댓글을 달아 주는 남자가 있었다. 'Monsoon'이라는 닉네임을 가진 그는 내가 우울한 글을 올리는 날엔, 작가들의 짧은 글귀나 시를 댓글로 달아 주기도 했는데 그게 왠지 묘한 위로가 되곤 했다.

그러던 어느 하루, 'Monsoon'에게서 메신저가 왔다. '지금 뭐 해요?' 잠시 망설이다 '그냥 있어요.'라고 짧게 답했다. 그러자 그는 '심심하죠?'라고 다시 물어왔고 나는 '별로 심심하진 않은데요.'라고 써서 보냈다. 이런 실없는 대화가 몇 번 오간 다음 잠시 틈을 두던 그가 내게 물었다. '우리 만날래요?' 어, 이것 봐라, 싶었지만 딱 잘라 거절하진 못했다. 최근엔 아무도 만나지 않고 있으며, 그냥 동굴 속 곰처럼 들어앉아 있고 싶다고만 썼다. 그러자 그는, '봄이 잖아요. 겨울잠 자던 곰도 봄이 되면 동굴 밖으로 나와요. 그러니

바람 쐬러 나와요.'라는 메시지를 보내왔다.

우리 동네엔, 생긴 지 얼마 되지 않았지만, 외관을 70년대 허름한 막걸릿집처럼 꾸며 놓은 통닭집이 하나 있다. 가끔 그 앞을 지날 때면 한 번씩 슬쩍 안을 들여다보곤 하는데 손님이 거의 없어 조용했고 적당히 어두운 조명이 마음에 들었다. 언젠가 한번 가 봐야지, 싶었던 곳이라 거기로 약속 장소를 정했다. 그는 7시쯤 일이 끝나니 8시 정도면 도착할 수 있을 거라고 했다. 나는 10분 정도 일찍 도착해 자리를 잡았다. 주방의 환한 형광 불빛을 등지고 앉아 메뉴판을 뒤적이고 있는데, 통닭집 문이 드르륵 열리더니 햇볕에 잘 그을린 고슴도치 같은 남자 하나가 들어왔다. 짧은 머리는 주저 없이 내 앞으로 걸어오더니 맞은편 의자에 앉으며 하얀 이를 드러내고 활짝 웃었다.

"일찍 출발했는데 동네 입구 쪽에서 차가 좀 막혔어요."

"몬순 씨?"

"노경찬입니다."

"어떻게 저라는 걸 단박에 알아봤어요?"

"여기 아무도 없잖아요, 손님이."

"아……."

"봄날의 곰 한 마리가 앉아 있을 줄 알았더니 생각보다 덩치가 작네요, 너구리처럼."

옛날 통닭 한 마리와 소주를 시키자 김치찌개가 따라 나왔다. 그는 나보다 두 살 위였고 대학은 2학년까지 다니다 군대를 갔다 왔으며 그 뒤로는 복학하지 않았다고 했다. 등록금을 벌기 위해 일을 하다 보니 통장 불어나는 재미에 계속 일하게 됐다고. 하지만 2년 전에 아버지가 폐암 진단을 받는 바람에 '폭망했다'며 웃었다, "돈이라는 게 모으기는 힘들어도 까먹는 건 순식간이잖아요." 그는 거기까지 말한 뒤, 닭 다리 두 개를 뜯어 내 앞쪽으로 놔줬다. 그리고 빈 잔에 소주를 부어 주며, 글은 잘 써지냐고 물었다.

"잘 써지면 등단을 해도 벌써 했겠죠……."

메이저도 아닌 지방 신문사 몇 곳에, 해마다 네다섯 편의 소설을 응모해 봤지만, 연락이 온 곳은 단 한 군데도 없었다. 글 하나로 누군가를 웃기고 울릴 수 있는 사람들의 재능이 미치게 부러웠다. 그들에 비하면 내 글은 중국산 가오리나 조잡한 짝퉁, 빈티지도 아닌 그냥 거지 같을 뿐이라는 생각만 들었다. 더 비참해지기 전에 포기하자는 쪽으로 마음을 돌렸다.

"근데 경찬 씨는 무슨 일해요?"

"몸 쓰는 일해요. 머리 써서 돈 벌어먹을 능력은 안 되니까."

"저도 요즘 일자리 알아보는 중이긴 한데 쉽지 않네요."

"일하면서 글 쓰는 거 힘들지 않나?"

"놀고먹을 팔자가 아니라서……."

내 말이 끝나기도 전에 그는 검지손가락 두 개를 쳐들고 허공에다 뭔가를 열심히 그려 댔다.

"저기…… 지금 뭐 하시는 거죠?"

"봐요, 안 되잖아. 세모랑 동그라미를 어떻게 한꺼번에 그려요. 두 개 다 욕심내지 말고 하나만 제대로 하라고요, 글이든 뭐든."

물티슈 하나를 새로 뜯어 팔뚝과 목뒤를 쓱쓱 닦아 내며 그가 말했다.

"배고플 때 연락하면 언제든 밥은 사 줄게요."

통닭 한 마리와 골뱅이무침, 소주 4병을 깨끗이 비우고 11시쯤 그곳을 나왔다. 내일은 쉬는 날이라 일을 나가지 않으니 한 잔 더 마시자며, 잠은 근처 찜질방에 가서 자면 된다고 했다. 나 역시 이대로 헤어지긴 아쉬웠지만 오랜만에 술이 들어가자 피곤이 몰려왔다. 그 탓인지 내 입에서는 대책 없는 말이 튀어나와 버렸다.

"우리 그냥 방 잡고 마실래요?"

찜질방에서 자느니 편하게, 라고 변명 같은 한마디를 덧붙이긴 했다. 그가 "괜찮겠어요?"라고 물었고, 뭐가 괜찮겠냐는 건지 모르겠지만 괜찮다고 대답했다. 친구네서 잔다고 언니에게 문자를 보낸 다음, 편의점에 들러 캔 맥주와 오징어를 사 들고 근처 모텔로 갔다. 예전에 남자친구와 몇 번 와 본 적이 있던 곳이지만 몇 년 전이라 딱히 내 얼굴을 기억할 것 같진 않았다.

방에 들어온 그가, 땀을 많이 흘려 먼저 씻고 나오겠다며 욕실로 들어갔다. 샤워를 마치고 수건으로 머리를 탈탈 털며 나오더니 목 뒤에 붙어 있는 파스를 좀 떼어 달라고 했다. 하얀 팬티처럼 훌떡 뒤집어진 파스를 그의 어깨와 목덜미, 허리에서 떼어 내 휴지통에 버리고 돌아서자 그가 침대에 엎드려 끙끙 앓는 소리를 냈다.

"오늘, 운이 드럽게 없는 하루라고 생각했거든요. 건물 승강기가 고장 나서 5층까지 20kg 박스를 서른 개나 갖다 날랐는데 다리가 막 후들거리더라고요. 또 한 군데는 오더가 잘못 들어가는 바람에 거래처 사장한테 쌍욕까지 들어먹고……. 2시가 넘어서야 차에 앉아 편의점에서 산 김밥 한 줄을 꾸역꾸역 입에 쑤셔 넣고 있는데 괜히 막 서러운 거 있죠. 그래서 메시지 보낸 거예요, 오늘 만나자고. 될 대로 되라는 식으로 용기를 냈다고 해야 하나. 근데 운이 좋았어요. 즐겁다는 기분, 진짜 오랜만에 느껴 본 거 같아요……."

오징어 다리를 질겅질겅 씹으며 그의 말을 듣고 있던 내가 어느 순간 침대로 기어 올라가 그의 허리 위에 올라앉았다. 그리고 파스를 떼어 낸 그의 붉은 목뒤에서부터 종아리까지 양쪽 엄지손가락으로 꾹꾹 누르기 시작했다. 술기운 때문인지는 모르겠지만 그냥 자연스럽게 그 짓을 하고 있었다. 그러다 코 고는 소리가 들려 왔고 어느새 곯아떨어진 그의 곁에서 나도 잠이 들었다.

알람 소리에 눈을 떠 보니 아침이었다. 나보다 먼저 잠이 깼는지 곁에 누워 휴대폰을 들여다보고 있던 그가 개운한 목소리로 말했다.

"우리 해장국 먹고 바람이나 쐬러 갈래요?"

4월의 봄날은 미치게 좋았고 거리엔 벚꽃이 눈처럼 흩날리고 있었다. 해장국 집을 나와 30분쯤 달리다 보니 백운호수가 보였다. 우리는 전망 좋은 카페에 앉아 커피를 마시며 2시간쯤 수다를 떨었다. 그리고 목재 데크가 깔린 호숫가를 걸으며 산책하던 길에, 깜장 색 잠바에 쥐색 벙거지를 눌러 쓰고 쭈그려 앉아 있는 한 남자를 보게 됐다. "저 사람……."이라고 말하자 그가 작은 목소리로 물었다.

"아는 사람이에요?"

"아니 그냥, 누굴 좀 닮은 거 같아서요."

얼굴을 떠올리는 것만으로도 쌍욕이 나오는 남자. 스무 살에 만나 출판사 일을 그만두기 전까지, 햇수로 6년 동안 만나 온 남자였다. 별 볼 일 없는 지방대 출신이던 그는 대학을 졸업하고 서울에 올라와 형 집에 얹혀살았고 나는 언니 집에 얹혀살았다. 공무원 시험을 준비하다 1년 만에 때려치우고 사무용 가구를 만드는 중소기업에 취직했지만 결국 그마저 그만뒀다. 좀 더 건설적이고 미래 지향적인 삶을 위해 투자가 필요하다며 호주로 어학연수를 떠났다. 그리고 그곳에서 '운명의 여인'을 만났다고 했다.

황당한 문자를 받은 그날, 내가 물었다. '예뻐?' '돈 많아?' '나보다 어려?' 이런저런 변명을 갖다 붙이거나 돌려 말하긴 했지만 결국은 모두 '예스'였다. 더 물어보고 자시고 할 필요도 없었다. 그것으로 우리의 연애도 끝이 났다. 헤어지고 생각해 보니 그는 너무나 이기적이고 나쁜 새끼였다. 영화도 내가 더 많이 보여 줬고 밥도 내가 더 많이 샀으며 삼겹살도 지가 더 많이 처먹었다. 직장 다니며 번 돈으로 그놈에게 용돈을 주고 계절이 바뀔 때면 유행하는 청바지나 신상 아디다스 츄리닝, 한정판 나이키 운동화를 구해다 준 적도 있었다. 호주로 떠나던 날도 빳빳한 백 달러짜리 열 장이 든 봉투를 주머니에 찔러주며 아무 걱정 말고 건강하게 다녀오라고 손을 흔들어 줬다. 나보다 예쁘고 돈 많은, 운명의 어린 여자를 만나러 가는 길이었는데도 말이다. 그와 헤어지고 출판사도 문을 닫고 글이라는 걸 써 보겠다고 미련한 곰처럼 들어앉아 있던 시간, 다시는 연애 같은 건 하지 않겠다고 마음먹은 지 2년 만이었다.

그날 이후, 우리는 일주일에 세 번쯤 만났다. 7시 정도에 일이 끝나면 보통은 8시나 9시쯤 만나 밥을 먹거나 술을 마시고 12시쯤 헤어졌다. 토요일 밤엔 여행을 떠나기도 했다.

“여수 가 봤어?”

“아니, 못 가 봤는데.”

“그럼 이번엔 여수로 가 볼까?”

그는 ‘여수 밤바다’라는 노래를 틀어놓고 차를 출발시켰다. 가는 동안 차 안에서 영화도 보고 휴게소에 들러 구운 감자나 오징어를 사 먹었다. 숙박 웹에서 함께 방을 고른 다음 근처 편의점에서 맥주를 사 들고 방으로 갔다. 그가 씻는 동안 작은 탁자 위에 캔 맥주와 전자레인지에 돌린 냉동 만두 같은 것들을 세팅해 놓고 편한 옷으로 갈아입었다. 그때부터는 아무에게도 방해받지 않는 우리 둘만의 세상이었다. 시원한 맥주를 마시며 친구들 얘기도 하고 사장 욕도 하며 사이사이 담배 한 대씩을 나눠 피웠다. 그러다 눈에 졸음이 몰려오면 침대로 가서 드러누웠다.

“노 사장님, 오늘은 어디를 집중적으로 해 드릴까요?”

“미스 리, 잘할 수 있겠어?”

“그럼요. 빽가게 해 드려야죠, 단골이신데.”

몸 쓰는 일을 하는 탓에 머리부터 발끝까지 안 아픈 곳이 없다고 했다. 어깨 근육부터 주물러 뭉친 곳을 풀어 주고 척추를 따라 구석구석 그의 몸을 눌러 나가다 보면 '두둑' 하는 기분 좋은 소리가 났다. 꼬리뼈까지 한 번 훑어 내린 다음 허벅지와 종아리를 주무르고 그다음엔 발, 그는 특히 발바닥 마사지해 주는 걸 좋아했다. 발가락 하나하나를 딱딱 소리가 나게 잡아당기고 오목한 부분을 꾹꾹 눌러 주면 "조금 더 세게, 아, 너무 좋아. 그래 거기, 거길 좀 더 세게 해 줘."라며 신음 소리를 냈다. 그러다 어느 순간 낮게 코 고는 소리가 들려오고 입을 반쯤 벌린 채 베개에 얼굴을 파묻고 잠이 들었다. 그 곁에 팔을 괴고 누워 정신없이 곯아떨어진 그의 얼굴을 바라보고 있는 시간이 때론 섹스보다 더 좋았다.

서른이 코앞인데도 마땅한 돈벌이가 없다 보니 출판사에서 아르바이트한 돈이 들어올 때를 제외하고는 술값이든 밥값이든 그 사람이 낼 때가 더 많았다. '취직할 때까진 만나지 말자고 해 볼까.' 얻어먹는 것도 한두 번이지 할 짓이 아니었다. 일 끝나고 집 앞으로 온다며, 먹고 싶은 게 있으면 생각해 놓으라는 문자를 받을 때마다 왠지 미안하고 괴로웠다. 예전 남자친구에겐 한번도 느껴 보지 못한 감정이었다.

“그냥 알바라도 해 볼까. 취직도 잘 안되고…….”

“글 쓰라고 했잖아. 작가 되고 싶다며.”

“집중이 안 돼.”

“어떡하면 집중이 되는데?”

“나 혼자 조용히 글 쓸 공간도 없잖아.”

“없으면 만들면 되지, 까짓거.”

그냥 말뿐이라고 생각했다. 하지만 얼마 지나지 않아 그는 진짜로 방 하나를 얻었다. 말로는, 월세보다 숙박비가 더 나가기 때문이라고 했다. 하지만 그곳으로 이사를 하자마자 그가 제일 먼저 사들인 것은, 뒷목과 허리를 받쳐 주는 편한 의자와 상판이 원목으로 된 넓은 책상이었다. 햇빛이 잘 드는 커다란 창문 쪽에다 책상을 놓고 그 위에다 내가 가져온 책들을 가지런히 정리해 주었다.

“자, 이젠 여기서 마음껏 써 봐.”

“재활용 매장 가서 아무거나 사면 되는데 뭐 하러 돈을 써.”

“좋은 글 써서 열 배로 갚으면 되잖아.”

우리는 방에 머무는 시간이 많아졌고 주말에는 여행을 떠나는 대신 밀린 잠을 잤다. 느지막이 일어나 아침 겸 점심을 먹고 텔레비전이나 휴대폰으로 농구 경기를 보다가 그는 다시 잠들었다. 그동안 나는 책을 보거나 노트북을 켜 놓고 일을 했다. 아침 8시에 출근해 저녁 7시까지 쉬지 않고 일해서 그가 받는 돈은 280만 원. 그돈으로 아버지 치료비를 보태고 월세와 공과금, 카드값을 내고 나면 끝이었다. 그의 휴대폰에 '○○캐피탈'이라는 곳에서 보낸 문자가 떠 있는 걸 보기도 했지만, 거기에 대해선 물어보지 못했다.

공모전 마감까지는 채 두 달도 남지 않았다. 다음 달까지는 쓰던 글을 마무리해야 한다. 일단은 이번 주까지 해 주기로 한 300페이지가량의 교정을 보고 다음 주엔 대학교수 부인의 에세이 원고 하나를 봐주기로 했다. 팔리지도 않을 이런 책은 왜 만드는 거냐고 묻자 선배가 말했다.

"중국집에서 짬뽕시키면 짬뽕 나오고 자장면 갖다 달라 그러면 자장면 배달하는 거지, 거기에 무슨 이유가 더 필요해. 주문 들어오니까 그냥 만드는 거야."

휴대폰 소리에 잠이 깬 그가 노트북 앞에 앉아 열심히 자판을 두드리고 있는 나에게 "잘되고 있지?"라고 물었다. "물론 잘되고 있지!"라며 웃어 주었다. 일을 해서 돈을 벌고 그 돈으로 공과금과 월세를 내고 우리가 함께 치킨이나 감자탕을 사 먹을 수 있는 것, 지금은 그것만으로도 충분히 잘되고 있는 거다. 선배 말처럼, 돈벌이에 이유 따윈 필요 없었다.

퇴근길에 그는 족발을 사 들고 왔다. '우리 동내 족발'이라고 지난달에 새로 문을 연 가게였다. 주말에 함께 시장을 보러 나선 길에 그가 간판을 가리키며 '우리동네'를 잘못 써 놨다고, 족발 사러 가게 되면 말해 줘야겠다던 곳이었다. 봉지를 건네받으며 그에게 물었다.

"사장님한테 말해 줬어?"

"뭘 말해 줘?"

"글자 틀린 거, '우리 동내'라고 잘못 써 놨잖아."

"됐어, 그게 뭐가 중요하다고……."

진한 땀내가 묻어 있는 옷을 세탁기에 집어넣고 속옷을 챙겨 주려는데 회사 동료에게서 전화가 걸려 왔다. 얼굴을 보니 아무래도 밖에서 무슨 일이 있었던 모양이었다.

"발주를 엉망으로 해 놓는 바람에 박 사장한테 욕은 욕대로 들어

처먹고 뺑이만 쳤다니까. 진짜 때려치던가 해야지, 일이 좀 많아? 사람 뽑아 준다고 한 게 언젠데! 사장 그 새끼, 대가리에 똥만 차서…… 몰라, 자르든지 말든지 맘대로 하라고 해!"

그는 밥상 앞에 앉아 연거푸 소주잔을 들이켰다. 지난주에도 직원 하나가 또 나갔다며, 사장이 지랄 같아서 붙어 있는 사람이 없다고 했다. 초과 근무에 대한 수당도 제대로 쳐 주지 않고 사람을 개처럼 부려 먹는다며 월급 올려 준다는 말만 믿고 있다가 자기만 좆됐다고 분통을 터트렸다.

"때려치워, 그럼."

"당장이라도 때려치고 싶지, 돈만 아니면."

"딴 데 일자리 알아보면 되잖아."

"사장한테 빌린 돈이 좀 있어."

"얼마나 빌렸는데?"

"천만 원."

"……."

"에이씨, 이 집 족발 드럽게 맛없네. 라면 있어?"

미지근한 에어컨 바람을 '파워 냉방'으로 바꾸고 라면을 끓이기 위해 가스레인지에 불을 켰다. 냉동실에 있는 흰떡 몇 개와 달걀 하나를 넣고 그 위에다 치즈 한 장을 올렸다. 전자레인지를 돌려 햇반 하나를 데우고 언니 집에서 가져온 김치도 새로 꺼냈다. 천만 원이 없어 슬픈 짐승 두 마리가 고개를 숙이고 앉아 라면을 후룩 후룩 빨아들이고 말없이 소주잔을 비웠다.

부모님과 함께 살던 안산 집에 다녀올 때마다 그는 책을 한 박스씩 들고 왔다. '요시다 슈이치'나 '히가시노 게이고'가 쓴 일본 소설이 주로 많았고 '메리 올리버'와 '비슬라바 쉼보르스카'의 시집, 그리고 유럽이나 동남아 쪽 여행 가이드 책자도 있었다. SNS에서 'Monsoon'이라는 닉네임을 쓰게 된 건 그가 군대를 제대하고 미얀마로 배낭여행을 다녀온 이후부터였다고 했다.

"아버지 약값만 아니었어도 벌써 떠났다, 동유럽으로."

"왜 하필 동유럽이야?"

"소설이나 영화에 배경이 된 곳들이 많잖아. 움베르토 에코의 '장미의 이름', 거기 나오는 멜크 수도원도 오스트리아에 있고, 에단 호크가 나오는 '비 포 선라이즈' 알지? 그 영화도 비엔나에서 찍었을걸. 그리고 체코도 꼭 한 번 가 보고 싶어."

그는 박스에서 책 한 권을 찾아 내밀었다. 포르투갈 작가 사라마구의 '눈먼 자들의 도시'였다. 책을 펼쳐 보니 속지에 파란색 볼펜으로 뭔가가 적혀 있었다.

'고마운 내 친구 경찬아, 힘들 때마다 나에게 밥도 사 주고 술도 사 주고 편지도 적어 주는 네가 있어서 너무 힘이 된다. 너의 서른 번째 생일을 진심으로 축하하며 종훈이가.'

"종훈이가 누구야?"

"고등학교 때 친구, 지금은 오산 쪽에서 핸드폰 매장 하는. 중학교 때까진 대전에 살다가 고등학교 때 안산으로 전학 왔거든."

"밥도 사 주고 술도 사 준 거 보니까 엄청 친했나 보네."

"처음부터 친했던 건 아니고, 나랑 성격이 완전 반대야. 착하고 순둥이."

"근데 어쩌다 친구가 됐어?"

"우리 반에 양아치 같은 놈들이 몇 있었는데 종훈이가 어리바리하고 만만해 보이니까 맨날 괴롭히는 거야. 매점 가서 뭐 사 오라고 시키고 사다 주면 늦게 왔다고 때리고. 그래서 내가 하루는 걔들한테 가서 딱 말했지. 씨발 새끼들아, 니들은 학교에 애 때리러 오냐!"

"그랬더니?"

"뭘 그랬더니야. 무릎 꿇고 싹싹 빌지, 다시는 안 그러겠다고."

"진짜?"

"라고 했으면 좋았겠지만, 그 뒤로 종훈이 대신 내가 존나 맞았다. 책 보고 있으면 책 뺏어서 찢고 밥 먹고 있으면 식판에 침 뱉고, 아주 개새끼들이었다니까."

"그걸 당하고만 있었어?"

"한동안 안 보인다 싶더니 오토바이 훔치다 떼로 걸렸다나. 그 뒤론 졸업할 때까지 못 봤으니까."

그는 휴대폰을 꺼내 고등학교 때 친구들의 사진을 보여 주었다.

"전에 너하고 여수 가서 찍은 사진 있잖아. 그거 친구들 단톡방에 올렸더니 난리가 난 거야, 누구냐고. 그래서 딱 한마디 했지. 내 여자친구는 작가다!"

"아 뭐야! 내가 무슨 작가야, 등단도 못 했는데."

"그러니까 열심히 써. 다음에 친구들 만날 땐 너도 같이 가면 되겠다."

지금 쓰고 있는 소설이 이번 공모전에서 운 좋게 당선이라도 된다면 또 모를까 그러지 않고서야 내가 작가가 된다는 건, 그의 지갑 속에 들어 있는 로또 복권이 당첨될 확률만큼이나 낮아 보였다.

"오늘은 일찍 올게, 맛있는 거 먹자."

생일이 뭐 대수라고, 그냥 집에서 삼겹살이나 구워 먹자고 말했지만 은근히 신경 쓰이는 모양이었다. 창문을 열어 환기를 시키고 작은 화분에 물을 줬다. 지난주에 교정 원고를 마무리해 보냈더니 밥이나 먹자고 선배에게서 연락이 왔다. 동네에 새로 생긴 무한 리필 갈비집에서 만난 언니는 내게 작은 화분 하나를 내밀었다. 장미처럼 생겼지만, 장미는 아닌, '리시안셔스'라는 꽃이라고 했다.

"꽃말이, 변치 않는 사랑이란다. 죽이지 말고 잘 키워."

"프릴 달린 웨딩드레스처럼 생겼네, 예쁘다."

"집에서 결혼하라고 안 해? 같이 사는 거 알 거 아냐."

"아직 몰라. 그냥 친구 집에 있다고 했어."

"이번엔 나쁜 놈 아니고 좋은 놈 확실하지?"

"그걸 어떻게 구분하는데?"

"너한테 잘해 주면 좋은 놈, 못해 주면 나쁜 놈!"

"명쾌하네."

"그냥 연애나 해. 결혼해 봤자 별거 없다."

구워진 고기를 내 앞으로 놔주며 선배가 말했다.

"결혼이라는 걸 하고 나면 사랑이 동지애 비슷한 걸로 바뀌면서 모든 게 시들해져. 넓은 의미에서 그것도 사랑이라고 우기고 싶겠지만 그건 완전 다른 거거든. 뜨거운 감정은 식고 알량한 의리만 남는 거지."

"그럼 언니, 이런 감정은 뭘까?"

"뭐가?"

"가끔 경찬 씨 베개에다 코를 박고 냄새를 맡아 보거든, 킁킁."

"아주, 지랄을 하세요."

"근데 거기서 꿀 냄새가 나. 좀 진하고 알싸한 토종꿀 냄새?"

선배가 젓가락을 탁 내려놓으며 말했다.

"내 참 드러워서! 부럽다, 이년아!"

이상하게 오늘따라 문자 한 통이 없었다. 하루에도 몇 번씩, '밥 먹었어?' '글은 잘 써져?'라고 문자를 보내던 그였다. 오후 5시쯤 '많이 바빠?'라고 내가 문자를 보냈지만, 답이 없었다. 6시쯤 전화를 했더니 받지 않았다. 7시쯤엔 아예 전화기가 꺼져 있었다. 뭐지, 이런 적 없었는데. 8시쯤 전화를 하자 신호는 가지만 받지 않았다. 그에게서 전화가 걸려 온 건 9시가 조금 넘어서였다.

"왜 종일 연락이 안 돼? 걱정했잖아."

"그럴 일이 좀 있었어."

"무슨 일? 지금 어딘데?"

"여기…… 경찰서야."

"뭐야, 사고 났어?"

"아니야, 그런 거……."

"그럼 뭔데!"

"오늘 같은 날, 미안하다."

"지금 그게 중요해? 일단 내가 갈게."

"오지 마. 나중에 전화할 테니까. 밥 잘 챙겨 먹고……."

다시 전화해 봤지만 받지 않았다. 혹시 몰라 저장해 둔 경리 부장 번호로 전화를 걸었다.

“경찬 씨가 연락이 안 돼서요. 좀 전에 경찰서라고 전화가 왔는데…….”

“그게, 회사에서 일이 좀 있었거든요.”

“회사에서요? 무슨 일이요?”

“노 실장님이 사장님을 때리는 바람에…….”

“누가 누굴 때렸다고요?”

“점심 먹고 2시쯤이었나, 갑자기 포항 쪽에 물건 갖다줄 일이 생겨서 사장님이 노 실장님보고 다녀오라고 했거든요. 박 과장님도 동대문 쪽에 나가 계셔서 실장님밖에 갈 사람이 없긴 했어요. 근데 오늘은 안 된다고, 일찍 들어가야 한다고 하니까 사장님이 막 화를 내면서 무조건 가라고, 안 갈 거면 당장 회사 때려치우라고. 그러다 실장님이 사장님한테 달려들어서…….”

경찰서 유리문을 열고 들어서자 남자 두 명이 붙어 서서 실랑이하고 있었다.

“저 새끼가 내 차를 일부러 들이박았다니까 그러네!”

"박긴 뭘 박아! 창문 내리고 먼저 쌍욕 한 게 누군데!"

"여기서 이러시면 안 됩니다. 다들 진정 좀 하시고……."

시끌벅적한 사람들 너머로 고개를 숙이고 앉아 있는 그가 보였다. 축 처진 어깨가 오늘따라 유난히 무거워 보였다.

"뭐야, 괜찮아……?"

"왜 왔어. 오지 말라니까."

"어떻게 안 올 수가 있어……."

곁에 있던 여경에게 이 사람 담당이 누구냐고 물었다. 지금 잠시 자리를 비웠으니 일단 앉아서 기다리라고 했다. 뭘 언제까지 기다려! 저 사람을 여기서 빨리 데리고 나가야 되는데, 밥도 먹여야 하고 손도 다친 거 같은데, 지금 얼마나 마음이 안 좋을지 내가 다 아는데 어떻게 엉덩이를 붙이고 앉아 있을 수 있냐고 발이라도 구르며 소리치고 싶었다.

"일단 이거라도 좀 마셔. 온종일 아무것도 못 먹었을 거 아냐."

종이컵에 물을 담아와 그의 손에 들려 줬다. 바짝 마른 입술을 달싹이며 그가 말했다.

"집에 가 있어. 내가 알아서 할 거니까."

"뭘 알아서 하는데! 그깟 생일이 뭐라고 그 인간한테 덤벼, 왜!"

슬픔인지 분노인지, 설움이 북받쳐 오른 목소리로 그가 중얼거렸다.

"가진 건 좆도 없는 새끼가 병신 육갑한다잖아……."

폭력과 기물 파손, 명예 훼손과 영업 방해로 사장이 고소한 상태라고 했다.

"피해자 말로는, 평소에도 업무 지시를 제대로 따르지 않아 문제가 많았고 오늘도 참다 참다 한마디 했더니 다짜고짜 달려들어 주먹질했다는 겁니다."

"절대 그런 사람 아니에요. 진짜 열심히, 요즘엔 주말도 없이 일했어요. 온몸이 성한 데가 없고, 등이며 어깨며 파스로 도배할 정돈데……."

"노경찬 씨가 피해자에게 빌린 돈도 있다고 하고, 뭐 어쨌거나 지금 상황에선 합의해 주는 게 제일 좋긴 한데 저쪽에선 그럴 생각이 추호도 없다고 하니 쉽진 않네요."

"제가 찾아가 말씀드려 볼게요. 저 사람, 놔두고 못 가요 저는."

그를 여기서 데리고 나가기 위해서는 어떻게든 합의를 받아 내야 했다. 잠시 나갔다 오겠다고 하자 그가 내 팔을 붙잡았다.
"아무것도 하지 마, 애쓰지도 말고. 그냥 언니 집에 가 있어."

경찰서를 나와 회사 동료가 알려 준 병원으로 찾아갔다. 병실 문을 열고 들어가자 사장으로 보이는 뚱뚱한 남자가 침대에 누워 있고 곁에는 그의 아내로 보이는 여자가 앉아 있었다.
"무슨 일로?"
그녀가 물었다.
"아, 저는 노경찬 씨……."
거기까지 듣고 난 사장이 거칠게 돌아누우며 소리쳤다.
"그냥 가라고 해!"
말도 못 하고 쫓겨나 버릴까 봐 가까이 다가서지도 못한 채 손을 모으고 머리를 깊이 조아렸다.
"정말 죄송합니다. 드릴 말씀이 없을 정도로 너무 죄송합니다."
"배은망덕한 새끼, 지가 어디라고 감히!"
"한 번만 용서해 주세요. 오늘 그 사람한테 급한 사정이 좀 있어서……."

"저만 사정 있어? 지가 사장이야? 얻다 대고 하니 마니야!"

"백번 천번 지당하신 말씀이세요. 그 사람이 무조건 잘못……."

"아 됐고! 다 필요 없으니까 당장 돌아가라고 해!"

한 발짝 더 다가가 그 앞에 머리를 깊이깊이 조아렸다.

"힘들 때 돈까지 빌려주시고 너무 고마운 분이라고, 사장님이 어떨 땐 아버지 같다고 그랬어요. 좀 전에도 보고 왔는데, 자기가 잠시 미쳤었다고 죽고 싶을 만큼 죄송하다고 후회하고 있어요. 그러니까 사장님 제발 한 번만……."

"고마운 거 아는 놈이 그래! 딴 데 가서 지랄 떨지 말고 내 앞에서나 잘하라고 해!"

사장이 일어나 앉으며 "물!"이라고 하자 아내가 냉장고에서 생수와 주스 한 병을 꺼냈다.

"우리도 노 실장을 아들같이 생각하고 있는데, 이게 뭔 일인지 모르겠네. 이거라도 마시고 여기 좀 앉아요."

나는 침대 밑에 무릎을 꿇었다. 차가운 바닥에 손을 짚고 더 깊이 머리를 조아렸다.

"요즘 경기가 안 좋아서 사장님이 스트레스 많이 받으신다고, 그래서 볼 때마다 마음이 안 좋다고 그랬어요. 돈 생기면 사장님 빚부터 갚아야 한다고, 누가 자기한테 그런 큰돈을 빌려주겠냐면서요. 진짜 너무 고마운 분이라고 입버릇처럼 말했는데……."

그만 일어나라며 내 팔을 붙드는 아내에게 사장이 "핸드폰!"이라고 소리쳤다. 그녀는 충전 중이던 휴대폰을 뽑아 그에게 갖다주며 어린아이를 달래듯 말했다.

"계속 화만 내지 말고 그동안 정을 봐서라도, 응."

"바빠 죽겠는데 말야, 오늘 일도 못 하고 내가 손해 본 게 얼만지나 알아!"

지금이 아니면 기회는 없다. 나는 무릎으로 한 발짝 더 다가가 바닥에 닿을 만큼 머리를 숙이고, 숙이고, 또다시 숙이며 사정했다. 눈물이 터져 나왔다.

"정말 죄송합니다. 가엾고 불쌍한 사람 한 번만 용서해 주세요. 힘들게 모은 돈, 아버지 병원비로 다 날리고 이젠 어머니까지, 사실 오늘도 그것 때문에 흑흑……."

그의 아내가 내 곁으로 다가앉으며 물었다.

"노 실장 어머니가 왜?"

“지난달에 병원에서 자궁암 진단을 받으셨어요. 오늘이 어머니 생신인데 얼마 전부터 장어가 드시고 싶다고, 그 사람이 오늘 그걸 사 드리겠다고 약속했거든요. 어젯밤에도 울면서 자기가 해 드린 게 너무 없다면서, 흑흑.”

사장의 아내가 혀를 찼다.

“아버지 병원비 대느라 그렇게 고생하더니, 노 실장 불쌍해서 어쩌누.”

사장은 어느새 내 쪽으로 돌아앉아 있었다. 그래, 이제 조금만 더 하면 된다. 나는 차가운 바닥에 엎드려 다시 한번 머리를 깊이 조아렸다.

“불쌍히 여기시고 한 번만 용서해 주세요. 저 사람 감방 들어가면 저희 어머니, 돌아가실지도 몰라요. 제가 대신 벌 받을 수 있다면 그렇게라도 하게 해 주세요, 사장님!”

한 번도 만나 보지 못한 ‘어머니’였다. 오뎅볶음이나 콩나물무침 같은 반찬을 질리도록 해 줬다는 어머니. 된장찌개를 한 솥 끓여 냉장고에 넣어 두고 곰탕 우리듯 먹였다는 그녀는 내 소설 속에서 자궁암에 걸렸다. 그리고 사장의 마음을 움직여 아들을 용서받게 만들어야 할 인물이다. 암에 걸린 아버지와 어머니 때문에 돈에 허덕이며 고통스럽게 살아가던 그는 어느 날 사장에게 달려들어 홧김에 주먹을 휘둘렀다. 감방에 처넣겠다고 노발대발하고 있는 사장 앞에 또 한 명의 여자가 나타난다. 무슨 수를 써서라도 남자를 경찰서 밖으로 꺼내 오기 위해 그녀는 바닥에 무릎을 꿇고 앉아 머리를 조아리며 싹싹 빌고 있다.

"제발 한 번만 용서해 주세요. 저희 아프신 어머니를 봐서라도 한 번만……."

침대에서 내려온 사장이 그의 아내에게 "담배!"라고 소리쳤다.

소설 속 여자는 눈물을 흘리며 다시 한번 깊이 머리를 조아린다.

이젠 그만, 소설을 끝내고 그에게로 가고 싶다.

케익 상자

내가 왔을 때 언니는 흘러내린 이불처럼 침대 밑에 누워 있었다.

눈이 조금 뜨여 있었고 살아 있을 때와는 달리 검은 눈동자가 커져 있었다. 눈꺼풀 아래로 검은 보름달이 떠 있는 것 같아 조금 무섭다는 생각이 들었다. 눈을 감겨 주고 싶었지만 만지진 않았다. 언니 몸에 병균처럼 퍼져 있는 불행이 나에게 달라붙을지 모른다. 지금 내 눈앞에 누워 있는 저 여자는 여전히 왼쪽 입술 아래 좁쌀만 한 점이 있고 팬티를 내려 보면 오른쪽 엉덩이 위에 팥알만 한 푸른 점이 있겠지만 그렇다고 해서 예전의 내 언니는 아니다. 단지 죽은 사람일 뿐이다. 여기에 나 말고 아무도 없다면 이렇게라도 소리쳐 주고 싶었다.

'내 말 안 듣더니 잘 죽었다, 이 미친년아!'

온실 속에서도 꽃은 죽고 흙 한 줌 없는 시멘트 바닥에서도 꽃은 산다. 죽지 않고 살 방법에 대해 최선을 다해 알려 주었지만 결국 죽어 버렸다. 그러니 언니에게 빚진 슬픔 따위는 없다. 사람들 눈에 이상하지 않을 정도만 적당히 슬픔을 뿌려 주고 깨끗하게 잊어 버리면 된다.

어질러진 방 침대 곁에, 냉장고와 싱크대 사이에, 그리고 화장실 바닥에 작은 거품이 섞인 노란 액체가 가래침처럼 뱉어져 있었다. 먹은 게 없으니 위액을 올렸던 모양이다. 온 집안을 헤매고 다녔을 언니는 끝내 나에게 전화하지 않았다. 왜 마지막으로 누른 번호가 112였는지 묻고 싶었다. 거긴 경찰서잖아. 왜 죽어서까지 일을 복잡하게 만드는 건데 왜!

"그러니까 여기 오셨을 땐 이미 언니 분이 숨을 거둔 뒤라는 말씀이신 거죠?"

"도대체 몇 번을 말씀드려요. 제가……."

"알겠습니다. 절차상의 문제이긴 합니다만 아무래도 병원으로 옮겨…….”

“그냥 장례식장으로 바로 갈 겁니다. 부검 같은 건 필요 없어요.”

뒷머리 쪽으로 뭔가에 심하게 부딪힌 자국이 있다고 무전기를 든 경찰이 말했다. 누군가 둔기로 언니의 살점 없는 머리통을 내려치기라도 했다는 건가. 그럴 리 없다고, 넘어질 때 생긴 상처일 거라고 몇 번이나 말했지만, 왠지 미심쩍은 눈빛이다. 어쩌면 제일 먼저 언니를 발견한 나부터 의심하고 있을지도 모른다. 어쨌거나 지금 상태로는 아무 생각을 할 수가 없다. 우선은 남편에게 전화해 지금의 상황을 알려야 한다. 언니가 죽었다고…….

벽 한 면이 검은색 유리로 되어 있는 조사실에는 베니어합판으로 만들어진 커다란 탁자 하나와 접이식 의자 세 개가 놓여 있었다. 복도에서 누군가에게 화내는 남편의 목소리가 들렸다. 그러니까 지금 이게 뭐 하자는 겁니까. 저 사람이 왜 취조받아야 하는지 설명을 해 보란 말입니다! 취조가 아니라 참고인 진술입니다. 처음 현장에 도착한 목격자이기 때문에……. 목격자라니요. 이게 무슨 살인 사건입니까! 허스키한 목소리의 누군가가 남편에게 낮은 목소리로 무언가를 얘기했고 그 뒤로 남편은 더 이상 소리를 지르지 않았다. 잠시 뒤 문이 열리더니 짧은 스포츠형 머리에 다부진 몸매를 가진 한 남자가 들어왔다.

"오래 기다리시게 해서 죄송합니다."

조금 전 남편과 이야기를 나누던 톤이 낮고 허스키한 목소리다.

신경을 긁는 의자 소리, 잠시 내 표정을 살피던 그가 입을 열었다.

"강력계에 있는 이필도 형사라고 합니다."

"더 이상 할 말 없어요. 제가 알고 있는 건 이미 다 말씀드렸으니까."

"이번 사건이 수사과에서 강력계로 넘어오는 바람에 말입니다."

"강력계라뇨……?"

"현장에서 남자 사체가 나왔다는 연락을 받았습니다."

남자 사체라니, 언니 집에 죽은 남자가 있었다는 건가. 단지 언니가 죽었을 뿐인데, 아버지가 그랬던 것처럼 언니도 뇌출혈을 일으켰을 뿐이다. 곁에 아무도 없었고 내가 도착했을 땐 이미 죽어 있었다. 그런데 저 사람은 왜 나에게 다른 이야기를 하는 거지?

"뭐가 나왔다고요?"

"남편 분께도 말씀드렸지만, 집 안을 살펴보던 중에 벽장 속에서……."

"그러니까 묻잖아요. 언니 집에서 왜 그런 게 나왔냐고!"

"지금으로서는 저희도 아는 바가 없습니다."

남자의 목소리가 목욕탕에서 울려 나오는 것처럼 웅웅거리며 들려왔다. 탁자 위에 놓여 있던 생수병을 집어 들었지만, 손에 힘이 들어가지 않았다. 남자가 뚜껑을 대신 따 주며 물었다. 혹시 평소에 언니 분과 원한 관계에 있는 사람이 있었나요? 저 말은, 언니를 죽이고 싶어 하던 사람, 아니면 언니가 죽이고 싶어 하는 사람이 있었냐고 묻는 건가. 언니는 모르겠고 내가 죽이고 싶었던 인간은 있었다고 말해야 하나. 그 집에 죽어 있다는 남자가 누구인지 묻지 않아도 알 것 같았다. 일이 복잡하게 꼬이고 있었다.

"그 인간이 진짜 죽었어요? 어떻게 죽었어요?"

"짐작 가는 사람이라도 있다는 말씀이신지……."

남자가 내 얼굴을 똑바로 쳐다보며 미심쩍은 표정을 지었다.

"신분증을 확인해 보니 최병태라는 사람이었습니다. 혹시 아는 분입니까.”

그럴 거라 짐작은 했지만, 막상 이름을 확인하고 나자 온몸에 소름이 돋았다. 언니의 남편이자 나와 이혼한 남자, 이름조차 변태스러운 악마 새끼. 다신 그 이름을 입에 올리지 않고 살게 되길 바랐다.

“언니 전남편이에요. 2년 전에 헤어진.”

“아 그럼, 형부?”

“이혼했다고 했잖아요!”

긴말 필요 없고. 언니 집 벽장 속에 들어 있던 건 인간이 아니라 쓰레기라고, 골백번도 더 죽어 마땅한 놈이 뒈졌을 뿐이라고 말해 주고 싶었다. 어디서부터 어떻게 얼마나 말해 줘야 그걸 이해시킬 수 있을까. 죽기 전에 언니가 112에 전화만 하지 않았더라도 조용히 불살라 태워 버렸을지도 모른다. 세상엔 개보다 못한 죽음도 있다.

최병태를 마지막으로 본 게 언제냐고 남자가 물었다. 2년 전이라고만 짧게 답했다. 그 인간과 내가 인천 가정 법원에다 협의 이혼 신청서를 제출하고 나오며, 이제 언니 근처엔 얼씬도 하지 말라고 바닥에 침을 뱉고 돌아선 게 마지막이었다. 당사자인 언니가 아닌 내가, 언니를 속이고 그 인간과 대리 이혼했다는 사실은 밝힐 수 없었다. 그건 아무도 알아서는 안 되는 비밀로 묻어 두어야만 했다.

이혼 얘기를 꺼내자 최병태는, 언니와 이혼해 주면 얼마를 줄 수 있냐고 물었다. 내 통장에는 오백만 원 정도의 돈이 들어 있었지만 '적어도 이천만 원'을 요구했고 어떻게든 언니 곁에서 그 인간을 떼어 내기 위해 남편 몰래 대출을 받았다. 언니 집으로 날아드는 '본인 외 개봉 금지'라고 적힌 봉투들에는 적게는 몇백만 원부터 많게는 천만 원이 넘는 채무액들이 붉은 숫자로 적혀 있었다. 최병태와 서류상으로 남남이 되지 않는 한 벗어날 수 없는 굴레였다. 하지만 언니는 이혼에 대한 얘기를 꺼낼 때마다 단호하게 거부했다. 손가락을 잘라다 지장을 찍는대도 절대 할 수 없다고 고집을 피웠다. 인터넷에 찾아보니 이혼 당사자의 지문 조회 같은 건 하지 않는다고 했다. 어차피 남남처럼 따로 살고 있으니 언니가 동사무소에 가서 확인해 보기 전까진 들킬 일도 없었다. 알게 된다고 하더라도 그 인간이 원해서 한 짓이라고 하면 그뿐이다. 어려서부터 우리 둘은 쌍둥이처럼 닮았다는 말을 자주 듣곤 했다. 그러니 서류를 접수할 때까지만 들키지 않으면 속일 수 있다.

언니의 신분증과 도장을 몰래 챙겨 넣고 가정 법원으로 갔다. 오백만 원을 먼저 보내고 서류상으로 완전히 정리되고 나면 나머지 천오백을 주겠다고 했다. 돈이 걸린 문제라 최병태는 순순히 협조했다. 서류 접수를 받는 직원이 앞에 서 있는 사람의 신분증과 얼굴을 대조하며 확인하고 있었다. 신분증 속의 언니는 안경을 쓰고 있어 어딘지 나와 달라 보였다. 미처 거기까진 생각하지 못했다. 당황하고 있는 내 앞에 최병태가 뭔가를 내밀었다. 예전에 언니가 쓰던 건데 차에 있길래 혹시 몰라 가져와 봤지. 처제는 안경 안 쓰잖아. 흐흐흐.

누런 이빨을 드러내며 최병태가 웃었다. 사기꾼의 치밀한 배려 덕분에 무사히 접수를 마칠 수 있었다. 그다음엔 정해진 날짜에 법원에서 만나 이혼을 마무리 지었고 더러운 악연이 거기서 끝났다고 생각했다.

"길에서 잠시 스치듯 봤을 뿐이에요."

"그때 이후로는 따로 만나거나 연락을 주고받은 적이 없다?"

"그럴 일이 뭐가 있겠어요, 남남인데."

"혹시, 언니 분과는 자주 만나셨나요?"

"이혼했다고 했잖아요!"

"아뇨, 고미정 씨 하고 고미옥 씨 두 분 말입니다."

"일주일에 두 번 정도 제가 언니 집으로 갔어요. 사흘 전에 본 게 마지막이고."

"그때 뭔가 들으신 얘기는 없나요. 최병태 씨나 다른 누구라도."

사흘 전에 호박죽을 싸 들고 언니 집에 갔었다. 냉장고에는 곰팡이가 검버섯처럼 피어 있고 방 안에는 언니가 마시다 던져 놓은 술병들이 나뒹굴고 있었다. 플라스틱 생수병의 몸통을 반으로 잘라낸 재떨이는 담배꽁초로 가득 채워져 썩은 내가 진동했고 노숙자보다 나을 게 없는 행색으로 언니가 침대에 널브러져 자고 있었다. 그 곁에는 언니의 가발과 약통……. 독한 수면제를 먹지 않고서는 잠들지 못했고 잠이 들면 언니는 좀처럼 깨어나지 못했다. 널어놓은 빨래는 누런 무말랭이처럼 말라비틀어져 있고 바닥엔 먼지와

엉겨 붙은 머리카락과 검정 비닐봉지들이 굴러다녔다. 그런 언니 집에 갈 때마다 부지런히 쓸고 닦고 치웠지만 달라지는 건 없었다. 그래서 언제부턴가 그냥 내버려 뒀다. 날개가 부러진 채 쓰레기통 속에 처박혀 있는 까마귀처럼, 더럽고 비쩍 마르고 냄새나는 언니 모습에 결국 화를 내거나 소리를 지르다 나와 버렸다.

"딱히 생각나는 건 없어요. 다른 사람 얘기를 한 적도 없고."
"최병태 씨 부검 결과가 나와 봐야 알겠지만……."
"언니가 그 인간을 죽이기라도 했다는 건가요!"
"목에 노끈이 여러 겹 묶여 있었다는 걸로 봐서 말입니다."

그날 언니는 평소와 다른 게 없었다. 약에 취해 잠들어 있었고 내가 깨우자 억지로 일어나 죽을 반 공기쯤 먹었다. 그런 다음, 침대 곁에 벗어 두었던 부분 가발을 가지고 욕실로 들어갔다. 몇 년 전부터 탈모가 심해져 정수리 부분의 머리가 벗겨져 보기 흉했다. 웬만해선 바깥출입을 하지 않지만, 병원에 약을 받으러 가거나 혹시라도 최병태가 찾아올지 모른다는 생각에서인지 작년 가을에 동네 미용실에서 부분 가발을 맞췄다. 영화 속에 나오는 골룸처럼, 흉한 몰골로 앉아 있는 게 꼴 보기 싫다고 말했더니 내가 와 있는 동안엔 그걸 쓰고 있었다.

혹시라도 최병태가 온다는 걸 알았더라면 집 안 꼴이 그렇지는 않았을 거다. 영혼까지 걸레 같은 인간이 집이 더러운 건 견디지 못했다. 화가 나면 언니를 '더러운 년!'이라고 불렀다. 걸레를 빨아 바닥을 닦고 창문을 열어 환기를 시킨 다음 욕실에 들어가 몸을 씻고 나왔다. 그러니 적어도 그런 모습으로는 최병태를 만나지 않았을 거란 말이다. 그렇다면 내가 다녀간 뒤로 갑자기 집으로 찾아왔나. 집 비밀번호도 바꿔 버렸으니 문을 열고 들어오진 못했을 테고 어쩌면 베란다로 넘어 들어왔을지도 모른다. 그보다 언니 혼자서 어떻게 그 멧돼지 같은 놈 목에다 올가미를 씌웠지? 수면제를 먹였나? 약은 놈이라 순순히 받아먹었을 리 없는데…….

"이건 만약입니다만, 혹시 그랬을지도 모른다는 가정하에 말입니다."

언니가 최병태 씨를 죽일 만한 이유가 있었냐고 물었다. 웃음이 나왔다. 그에게 되묻고 싶었다. 왜 죽이면 안 되나요. 죽어 마땅한 인간을 왜 살려 둬야 하는 거죠. 우리 언니는 늙어 죽지도 못하고 눈도 제대로 감지 못하고 죽어 버렸잖아. 도살장에 보내 껍질을 벗기고 머리는 머리대로 팔다리도 다 떼어 내, 제발 죽여 달라고 울부짖을 만큼 고통스럽게 죽여도 시원찮을 놈이 죽은 거야. 곱게 목 졸려 죽은 걸 고맙게 생각해야 할 그런 짐승을 왜 죽인 거냐 묻는 그 질문부터가 잘못된 거라고! 감방에 처넣어 콩밥을 먹이는 것도 아까운 놈이 있어. 거기서 나오면 또 누구한테 빌붙어 단물을 쪽쪽 빨아먹을까 궁리나 하는 그런 놈을 왜 살려 둬야 하는 거지? 만약 언니가 최병태를 죽였다면 그건 인간을 죽인 게 아니라 미쳐 날뛰는 짐승의 목에 올가미를 던진 거라고 말해 주고 싶었다.

"워낙 오래된 빌라다 보니 제대로 된 CCTV가 달린 데도 없고, 일단은 사망 원인이 어떻게 나오느냐에 따라 수사 방향이 정해질 것 같습니다. 그런데 혹시 두 분 사이에 자녀는……."

"딸이 하나 있어요."

"언니 분하고 같이 살고 있습니까?"

"대학 들어가고 나서 방을 얻어 나갔어요. 그리고 지금은 연락이 안 돼요."

"그럼, 아버지하고는 연락을……."

"아버지라뇨, 걔한텐 그런 거 없다니까!"

슬아는 그 일 이후로, 최병태에 대한 얘기를 입 밖에 꺼내지 않았다.

초등학교 4학년 무렵, 하루는 담임에게서 전화가 왔다. 같은 반 아이가 분실한 물건이 슬아 가방에서 나왔다고 했다. 친구들이 장난을 친 거라며, 자기는 절대 그런 짓을 하지 않았다고 몇 번이나 말했지만 언니는 믿어 주지 않았다. 내가 안 그랬어 엄마, 절대 훔치지 않았어요. 맹세해요 엄마! 슬아는 서럽게 울었다. 하지만 언니는 '저 도둑년!'이라고 소리치며 손에 잡히는 대로 아이의 물건을 집어 던졌다. 낮부터 취해 있었고, 지갑에 있던 카드가 없어졌다며 몹시 흥분한 상태였다. 그 난리 중에 카드를 훔쳐 나갔던 최병태가 어깨에 골프 가방을 메고 들어오자 언니가 소리를 질러 댔다. 당신 딸이 학교에서 도둑질했단다, 당신 딸이!

왁스를 발라 번질거리는 머리를 휘날리며 슬아가 있는 쪽으로 최병태가 달려갔다. 그 조그맣고 여린 것을 솥뚜껑만 한 손으로,

그 무식하고 더러운 손으로 때리기 시작했다. 뺨이고 머리고 가슴이고 할 것 없이 닥치는 대로 내려쳤다. 말리던 나도, 뒤늦게 달려와 매달리던 언니도 뒤로 나자빠졌다. 네발로 기어가 슬아를 등 뒤로 빼돌리던 언니의 얼굴에 정확하게 주먹이 날아와 꽂히더니 안경이 '빠작' 소리를 내며 깨졌다. 그렇게 몇 번을 더 후려쳤고 입술이 터져 피투성이가 된 언니와 인두로 지진 듯 온몸이 벌겋게 달아오른 슬아를 껴안고 나는 미친년처럼 울부짖었다.

"이 미친, 개만도 못한 새끼야, 당장 꺼져! 꺼져 달라고. 제발!!!"

언니는 코뼈에 금이 가고 안와 골절에 안구 함몰까지 된 상태라고 의사가 말했다.

"신고하자 언니, 이건 사는 게 아니야. 지난번엔 갈비뼈가 부러졌잖아. 이러다 다 죽어. 그 새끼 감방 처넣고 이혼하자 제발. 슬아를 생각해서라도 용기를 내야지".

동굴처럼 시커먼 눈으로 나를 한참이나 바라보고 있던 언니가 말했다. 다신 안 그러겠대. 슬아 고기 사 먹이라고 돈까지 주고 나갔어. 한 번만 더 믿어 보자, 진짜야 미정아.

눈앞에서 어린 딸이 죽도록 두들겨 맞고 자기 얼굴을 저 지경으로 만들어 놓은 놈을 용서하라고? 그 인간이 던져 주고 간 만 원짜리 몇 장에 그냥 없던 일로 하자는 거야? 심장에 푹푹 꽂힌 칼을 뽑아 핏물을 닦아 내 다시 제자리에 갖다 놓고도 남을 여자였다. 더 이상 이해할 수도, 이해하고 싶지도 않았다.

집으로 돌아오는 길에 언니는 그 미친놈이 주고 간 돈으로 삼겹살과 소주를 샀다. 죽은 동물을 태우면 그런 냄새가 날까, 그날 언니 집 주방에서는 역겨운 연기가 가득 차올랐다. 그리고 슬아는 그 일 이후로 입을 닫아 버렸다. 학교에서도 집에서도 고장 난 라디오처럼 앉아 있었고 가끔은 이불을 뒤집어쓴 채 지지직거리며 서럽게 울었다.

남자가 언니의 신분증을 가리키며 말했다.

"여기 보면, 언니 분이 어제가 생일이었던 것 같은데."

"……오늘이 며칠이죠?"

"5일입니다. 어제가 10월 4일이고."

까맣게 잊고 있었다. 그러네, 어제가 언니 생일이었네. 마흔일곱 번째 생일이 언니의 마지막 생일이 되어 버릴 거라곤 생각지도 못했다. 해마다 생일이면 남편과 나는 언니를 데리고 오리고기를 먹으러 갔다. 닭고기는 싫어하면서도 오리는 맛있다고 했다. 여자한테는 이게 좋다더라, 그러며 언니는 노릇노릇하게 구워진 고기를 집어 먹었다. 술이 들어가면 남편은 언니를 미옥이라고 불렀다. 미옥아, 천천히 먹어. 너 그러다 지난번처럼 또 체한다. 된장국을 언니 앞으로 밀어 주며 오빠처럼 다정하게 챙겼다.

같은 동네에서 나고 자라 언니와 초등학교 동창이던 남편은 어려서부터 우리 집에도 자주 놀러 오곤 했다. 농담처럼, 나중에 크면 미옥이하고 결혼할 거라며 수줍게 얼굴을 붉히던 그는 군대에 가 있는 동안 그 짐승보다 못한 새끼한테 언니를 빼앗겼다. 나와 결혼하지 않았다면, 안 보고 살았더라면 묻혀 버릴 사람을 사는 내내 곁에 두고 괴로워했다. 그러다 재작년부터인가는 언니의 생일을 챙기지 않았다. 끝도 없이 망가져 가는 모습을 더 이상은 볼 수 없었는지 다음에, 다음에 가자며 언니를 피했다.

“생일인지는 몰랐어요. 언니가 열무김치를 좋아해서…….”

“그럼 동생 분이 생일 케익을 사 온 건 아니네요.”

“케익이요?”

“식탁 위에 있었다고 하던데, 혹시 못 보셨습니까.”

생각해 보니 얼핏 본 것도 같다. 식탁 위에 놓여 있던 흰 상자, 아까는 경황이 없어 무심코 지나쳤다. 혹시 그 인간이 사 들고 온 건가. 그럴 리 없다. 언니나 슬아 생일이 언제인지도 모르는 놈이었다. 그렇다면 누가 케익 상자를 들고 왔을까. 큰길 쪽에나 CCTV가 달려 있을 뿐, 오래된 빌라가 모여 있는 언니 집 쪽에는 확인할 만한 게 없다고 했다. 작년부터 재개발이 시작되면서부터 빈집들이 많았다. 옆집과 아랫집도 지난달에 이사를 나갔다. 이제 그만 우리 집 근처로 옮기자고 그렇게 말했는데도 언니는 고집을 부렸다. 언젠가는 최병태가 집으로 돌아와 자기 앞에 무릎을 꿇고 용서를 빌 거라 믿었다. 자식도 부모도 다 떠나보내고 무슨 미련이 남아 언니는 그 집에 남아 있었을까.

“이웃에 교회 다니는 아주머니가 한 분 계시는데 어쩌면…….”

“그분이 케익을 가져왔을 거다?”

“언니 생일에 떡이나 롤케익 같은 걸 사다 주곤 하셨거든요.”

지금은 이사를 나가고 없지만 같은 빌라 4층에 살던 아주머니가 가끔 찾아와 교회에 함께 나가자고 했다.

슬아 엄마, 교회에 가야 이 지옥에서 벗어날 수 있어. 그 말에 언니는 이렇게 대답하곤 했다. 아주머니 그거 아세요? 마귀가 집을 짓고 십자가를 걸어 놓은 곳이 교회예요. 아주머니도 절대 속으시면 안 돼요, 아셨죠……. 언니에게 교회는 그런 곳이었다.

여상을 졸업한 언니는 집 근처 닭 공장에 경리로 취직했다. 말이 경리지 하루 종일 닭 비린내를 맡으며 온갖 잡일을 거들었다. 월급도 제때 주지 않아 그만 다니고 싶다던 언니가 어느 날부터 조금씩 달라졌다. 정성스럽게 화장하고 옷도 새로 사 입으며 멋을 냈다. 사장과 같은 교회에 다닌다는 최병태가 닭 공장에 드나들기 시작하면서부터였다. 평생 말단 공무원으로 살며 잘 웃지도, 남을 웃길 줄도 모르던 아버지를 보고 자란 언니는 호탕하게 잘 웃고 재밌는 말을 곧잘 하던 최병태에게 끌린 모양이었다. 돈가스도 사 주고 영화도 보여 주고 바다에도 데려가 줬다며 자랑했다. 마땅한 직업이 없는 게 왠지 걸린다던 아버지도 소도둑놈 같은 인상이 맘에 안 든다며 반대하던 엄마도 더 이상은 뜯어말리지 못한 건 언니가 직업도 없는 소도둑놈의 아이를 가졌기 때문이었다.

자기가 다니던 교회에서 결혼식을 올린 최병태는, 축의금으로 들어온 돈뿐 아니라 아버지가 집 얻으라고 마련해 준 돈까지 모두 어디엔가 써 버리고 교회 뒷방에다 언니를 데려다 놓았다. 사이비 교주인 그 목사는 방으로 어린 여자애들을 불러다 성 노리개로 삼고 십일조 명목으로 신도들에게 매달 돈을 뜯어 갔다. 그곳에서 최병태는 목사의 오른팔 역할을 하며 사람들에게 돈을 거뒀고 언니는 그곳에서 손발이 부르트도록 온갖 허드렛일을 도맡아 했다. 거기다 사업 밑천을 핑계로 아버지가 평생 힘들게 일해 받은 퇴직금과 부모님 아파트를 담보로 대출해 간 돈도 최병태는 결국 갚지 않았다.

보다 못한 남편이 사이비 목사를 경찰에 신고했고 그 일로 언니는 온몸의 뼈가 으스러질 때까지 두들겨 맞았다. 그리고 유산을 했다. 의식이 없는 상태로 중환자실에 누워 있는 딸을 보고 돌아온 날 새벽, 아버지는 화장실에서 뇌출혈로 쓰러졌고 너무 늦게 발견됐다. 아버지가 떠난 뒤, 한동안 넋을 놓고 지내던 엄마는 아버지를 모셔 놓은 절에 다녀오던 길에 발을 헛디뎌 계단에서 굴렀다. 돌바닥에 부딪혀 머리가 깨지는 그 순간에도 엄마는 박복하고 불쌍한 자기 큰딸을 걱정하고 있었을지 모른다.

"겨우 스물셋이었는데……."

"따님 말입니까."

"언니가 그 인간을 만난 게 스물셋이었다고요! 머리에 상처 자국이 있다고 했죠? 몸뚱이에 남은 자국은 볼 수나 있지, 속으로 곪아 터진 건 헤아릴 수도 없잖아. 지금 내가 미칠 만큼 화나는 게 뭔지 알아요? 죽어서도 따라붙을까 봐, 그 새끼가 저세상 가서도 언니 곁에 붙어 괴롭힐까 봐 나는 그게 제일 무섭고 화가 난다고! 왜 죄 없는 우리 엄마 아버지가, 왜 우리 언니가 죽어야 하는데. 그 개새끼만 뒈졌어야지, 우리 언니가 왜에!!!"

아무리 울부짖고 저주를 퍼붓는다 해도 죽은 인간에겐 그 어떤 것도 되돌려 줄 수 없다. 지옥 같은 시간은, 결국 살아남은 사람의 고통일 뿐이었다.

자정 무렵이 되어서야 그곳을 나왔다. 차가 있는 곳까지 걸어가는 동안 비를 맞은 탓인지 온몸에 한기가 밀려왔다. 히터를 틀어주고 뒷좌석에 있던 무릎 담요를 가져다주는 남편의 손등에 피가

맺혀 있는 게 보였다. 손이 왜 이래, 언제 다친 거야? 별거 아냐. 어제 뭣 좀 옮기다가 긁힌 거야, 괜찮아. 유리창 밖으로 뿌옇게 흐려진 주황색 불빛들이 빠르게 스쳐 지나가고 있었다. 한참을 말없이 운전대만 잡고 있던 남편이 먼저 입을 열었다.

"지금은 아무 생각하지 말자. 우선 슬아부터 챙기고……."

조사실에서 남자에게 케익 상자에 대한 이야기를 들었을 때 잠시 그런 생각을 했다. 슬아가 다녀갔을지도 모르겠다고. 집을 나가기 전까진 엄마 생일에 아르바이트한 돈으로 케익과 선물을 사 오기도 했으니까. 언니가 마지막으로 슬아에게 받은 선물은 운동화였다. 이거 신고 밖에 좀 나가 봐. 산책도 하고 영화도 보러 가요. 집에만 있지 말고 밖으로 돌아다녀, 엄마. 슬아는 그렇게 말했다. 하지만 그 운동화는 단 한 번도 집 밖으로 나가 보지 못하고 언니 방구석에 상자째 그대로 놓여 있었다. 술에 취하면 포악하게 변해 소리를 질러 대고 집 안을 온통 쓰레기 더미로 만들어 놓는 엄마가 지긋지긋하다며 결국 따로 방을 얻었다. 그리고 집을 나가던 날 슬아가 말했다. 엄마 곁에 사는 건 지옥이야. 이젠 두 번 다시 보러 오지 않을 거야!

끝내 최병태를 버리지 못한 엄마를 슬아가 버리고 떠났다. 그날 밤 언니는 딸이 빠져나간 빈 방에 앉아 손목에 줄 하나를 더 그었다. 그래, 다 가 버려 다! 가슴을 잡아 뜯으며 울부짖는 언니의 손목에서 붉은 피가 뚝뚝 떨어졌다.

남편에게는 케익 상자가 있었다는 말은 하지 못했다. 내가 모르는 무언가를 남편이 알고 있을까 봐 두려웠다. 왠지 손등에 난 상처도 자꾸 마음에 걸렸다. 남편은 언니 생일을 기억하고 있었을까.

"까맣게 잊고 있었어. 미역국이라도 끓여다 줄걸. 홍합 넣고 끓인 거 좋아하는데. 내가 조금만 더 일찍 갔더라면 이런 일이 생기지 않았을지도 모르잖아. 언니 핸드폰도 경찰이 가져가 버렸어. 거기 보면 내가 못된 말도 참 많이 써 보냈는데……."

그땐 그래도 된다고 생각했다. 모든 게 언니 탓이니까, 고통받고 괴로워하는 건 당연하다고 여겼다. 그래서 모질게 굴었다. 엄마 기일에, 아버지 기일에, 그리고 슬아 생일에도 언니에게 독한 말을 써서 보냈다. 다 언니 때문이라고, 언니가 병신 같아서 모두가 이렇게 돼 버렸다고, 구질구질하게 사느니 차라리 죽어 버리라는 말도 서슴없이 했다. 그리고 언젠가 한 번은, 새로 타 온 수면제 한 통을 몽땅 변기 속에 부어 버린 적도 있었다. 손을 넣어 그걸 건지려는 언니를 밀치고 물을 내려 버렸다. 파란 알약들이 눈앞에서 사라져 버리자 언니는 미친 듯이 날뛰었다. 다 죽여 버리겠다고 식칼을 휘두르며 소리를 질렀다. 그 순간 언니는 진짜 누구라도 죽일 수 있을 것만 같았다. 진즉에 좀 그렇게 칼이라도 들고 덤비지, 한 번만 더 때리면 죽여 버리겠다고 미친 듯이 악이라도 써 댔더라면 저 지경까진 되지 않았을 거잖아. 때리면 맞고 죽어라 일해서 번 돈도 다 뺏기고 왜 그렇게 병신같이 살았을까 언니는.

"슬아한테 전화했어 내가."

"경찰서에 부탁해서 알아낸 거야?"

"아니, 예전에 몇 번 나한테 전화가 왔었어."

"그걸 왜 이제 말해?"

"알리지 말아 달라고 했으니까, 엄마나 이모한테도."

어려서부터 슬아는 이모부가 편하다고 했다. 우리 아빠였으면 좋겠다고 말한 적도 있었다. 어디가 좋으냐고 물어보면, 그냥 평범해서 좋다고 대답했다. 단 한 번도 평범한 걸 손에 쥐어 본 적 없는 아이처럼, 슬아는 평범한 것에 목말라했다.

"무슨 일로 연락했던 거야?"

"원룸에서 보증금이 빠지지 않아 이사를 못 한다고, 그래서 학교 앞에서 잠시 만났어."

남편은 보증금 문제로 집주인에게 연락했고 슬아에게 만나는 남자가 있다는 얘기를 듣게 됐다고 했다. 슬아가 집을 옮기려던 이유에 대해서도.

"집주인 말로는 그 새끼가 애한테 몇 번 손을 댄 모양인데……."

"손을 대다니, 우리 슬아를 때렸다는 거야?"

"갑자기 보증금을 빼 달라고 해서 방이 빠질 때까지 기다리라고 했대."

"나한테 왜 말 안 했어, 왜!"

"어떻게 말을 꺼내야 할지 모르겠어서, 일단 이사부터 시켜 놓고 얘기하려고 했어."

"그래도 엄만데, 언니한테는 알렸어야지."

굵은 빗방울이 떨어져 내리는 도로 위로 검은 물이 차오르고 있었다.

"그 새끼가…… 학교로 찾아왔더래."

"슬아 때린 놈이?"

"아니, 그 새끼 말고 더 나쁜 새끼."

최병태가 학교까지 슬아를 찾아왔다고 했다.

"그 동네 재개발되면 집값 좀 뛰지 않겠냐고, 나중에 집 팔리면 줄 테니 카드나 신용으로 대출을 좀 받아 달라고 했대."

누군가 망치로 내 정수리를 퍽퍽 내려치는 것 같았다. 구부러진 못처럼 고개를 숙이자 눈물이 투둑 떨어졌다. 그래도 지새낀데 어떻게 인간이 그토록 잔인할 수 있는 걸까.

"돈을 해 줄 테니 만나자고 했어, 내가."

"당신이 누굴 만나?"

"한 번만 더 찾아가면 죽여 버리겠다고……!"

남편이 어떤 심정으로 그런 말을 했을지 너무 잘 안다. 짐승만도 못한 그 새끼가 언니와 슬아를 때릴 땐 칼로 찌르고 차로 들이박고 높은 데서 밀어 버리는 상상을 수도 없이 했다. 이미 내 마음속에서는 골백번도 더 불태워진 인간이었다. 슬아가 아니라 나를 찾아왔더라면 이번엔 진짜 죽여 버렸을지도 모른다.

"그래서, 만났어……?"

"……."

더 이상은 아무 말도 듣고 싶지 않았다. 남편 입에서 어떤 말이 나올지 두려웠다.

"나 배고파. 하루 종일 아무것도 못 먹었어. 집에 가자 여보."

"어쩌면 슬아가……."

"무슨 소리야?"

"엄마가 죽어야 끝이 난다고, 자기 손으로 죽여 버릴 거라고 했어."

그건 진심이 아니다. 남편도 알고 나도 안다. 화가 나서, 자기를 힘들게 했던 기억들 때문에 그렇게 말한 거다. 수면제를 끊지 못하는 엄마가 망상에 시달리고 환각을 보기 시작하면서 새벽에 가끔 자기 방문을 식칼로 쿡쿡 찍어 대는 소리를 들었다고 했다. 이불을 뒤집어쓰고 귀에 이어폰을 꽂고 있어도 그 소리가 너무 소름 끼치게 무서웠다고…….

언젠가 한 번은, 떡볶이와 순대가 든 검은 봉지를 남의 집 문 앞에다 집어 던지며 악을 써 대는 엄마를 집으로 데려온 적도 있었다. 엄마를 죽이고 싶다고 말한 건, 도저히 끌고 나올 수 없는 구렁텅이에 빠진 짐승을 죽여서라도 고통을 멈추게 해 주고 싶어서, 굴레를 벗어나는 길이 그것밖에 보이지 않아서 그렇게 말한 것뿐이다.

"걘 아니야, 내가 알아!"

언니는 누군가에게 죽임을 당한 게 아니다.

미뤄 둔 숙제를 끝내듯 자기 손으로 최병태를 죽이고 스스로 떠난 거다. 연락도 없이 불쑥 찾아와 가발도 쓰지 않고 씻지도 않은 흉한 몰골을 보며, '드러운 년! 걸레 같은 년!'이라고 빈정거렸겠지. 평생을 남한테 사기나 처먹고 쓰레기처럼 살던 인간을 끝까지 믿어 주고 기다려 줬건만 결국 용서받지 못할 짓을 저질렀다. 집을 팔아서라도 돈을 해 주지 않으면 네 딸년을 괴롭히겠다고 협박했겠지. 그래서 언니는 그 짐승만도 못한 놈 목에다 칭칭칭 오랏줄을 묶은 다음 온몸의 핏줄이 다 터져 버릴 만큼 힘차게 줄을 잡아당긴 거다.

"힘을 내, 미옥아!"

"잘한다, 우리 언니!"

"더 힘껏 잡아당겨요, 엄마!"

그 순간 언니는, 우리가 목이 터져라 응원하는 소리를 들었을지도 몰라. 너무 통쾌하고 기분이 좋아져서 머릿속에서 폭죽처럼 혈관이 팡팡 터진 거야. 불꽃놀이 하는 아이처럼, 언니는 신이 나서 그렇게 죽은 거라고. 이제 이해되지 여보.

단단히 거머쥔 줄을 붙잡고 언니는 떠났다.

슬아를 잘 부탁한다며 우리에게 손을 흔들었다.

지옥같이 긴 하루가 그렇게 지나가고 있었다.

방어
대가리

혜미에게 맞은 아이가 미주라는 게 문제를 키웠다. '하급생 폭행 사건'으로 인해 담임이 몇 번이나 교장실에 불려 갔고 학교에서는 부모님을 두 분 다 모셔 오라고 했다. 그 애 부모가 학교 운영 위원회의 부회장직을 맡고 있었기 때문에 이번 일이 쉽게 넘어갈 것 같진 않았다.

'학폭위' 대책 회의가 열리던 날 아침, 조례를 마친 담임이 손가락을 까딱이며 나를 교실 밖으로 불러냈다. 그러고는 짜증스러운 표정으로 어깨를 툭 치며 말했다.

"오늘 두 분 다 오시라고 했지?"

바쁘셔서 못 오실 거 같다는 내 말이 끝나기도 전에 담임이 출석

부로 내 머리를 후려쳤다. 복도에 나와 있던 아이들이 수군거리며 고개 숙인 나를 쳐다보고 있었다.

"자식 일에 이렇게 관심이 없으니 애가 밖에서 사고나 치고 다니지!"

억울했다. 미주를 불러내 입술을 터트리고 머리를 잡아 뜯은 건 혜미였다. 나는 단지 곁에 서 있었을 뿐이다. 아니, 말리기까지 했다. 하지만 정작 중요한 건 그게 아니었다. 그날, 벤츠를 타고 나타난 혜미 아버지가 교감과 악수하고 교장실에서 잠시 얘기를 나눈 다음, 반성문을 쓰는 선에서 일이 마무리됐지만 나는 사정이 달랐다. 부모님이 학교에 오지 않으면 정학 처분을 피할 수 없다고 했다. 내가 그런 게 아니라고 아무리 말해도 담임은 믿어 주지 않았다. 미주를 찾아가 사정했지만 외면당했다. 혜미가 별다른 징계 없이 넘어가게 되자 단짝인 나라도 밟아 줘야 속이 풀리겠다는 표정이었다. 결국, 믿을 사람은 혜미뿐이었다.

"담임한테 가서 말 좀 해 줘. 내가 그런 게 아니잖아."

혜미는 끝내 담임을 찾아가지 않았다. 누군가는 그 일에 대가를 치러야 했고 결국 나는 정학 처분을 받았다. 죄짓지 않고도 죄인이 되는, 애초부터 힘없고 가진 것 없는 쪽이 나가떨어지는 잔인한 게임일 뿐이었다. 만약 그때, 단 한 사람만이라도 내 편이 되어 주었더라면 그렇게 무작정 학교를 때려치우고 나오지 않았을 거다.

스물한 살 여름, 종로 3가 피카디리 극장 앞에서 우연히 혜미를 다시 보게 됐다.

남자친구의 팔짱을 낀 혜미가 번쩍이는 검은색 스포츠카를 타고 먼지바람을 일으키며 사라졌다. 빨간 에나멜 구두를 신고 하얀 대리석 바닥을 밟으며 살아왔을 것 같은 얼굴이었다. 짧은 순간 눈이 마주친 것도 같지만 내가 먼저 고개를 돌려 버렸다. 한때는 둘도 없는 단짝이었다는 사실이 나를 더욱 초라하게 만들었다. 열아홉에 학교를 자퇴하고 집을 나온 이후, 시궁창 같은 미로를 내내 헤매고 다녔다. 더 이상의 바닥은 없을 거라 생각했지만, 나락은 얼마든지 있었고 매 순간 죽고 싶은 마음으로 나를 방치해 뒀다.

그러다 종로에서 혜미를 보게 된 그날 이후, 이제는 그만 벗어나고 싶다는 생각이 들었다. 고등학교를 자퇴한 이력으로 할 수 있는 일이래야 뻔했지만 어쨌거나 독하게 돈을 벌어 보기로 마음먹었다. 언젠가 다시 한번 혜미와 마주치게 된다면, 적어도 지금처럼 초라한 모습으로 그 애 앞에서 도망치고 싶진 않았으니까…….

밤에는 편의점에서 야간 알바를 하고 낮에는 식당에서 서빙하며 하루에 열여섯 시간씩 일했다. 살고 있는 고시원에서는 휴게실과 화장실 청소를 해 주는 대신 방세를 깎았다. 얼마 되지 않는 돈이지만 내 통장에 들어온 돈은 웬만해선 헐어 내지 않았다. 허투루 쓰기 시작하면 손가락 사이로 흘러내리는 모래처럼 순식간에 사라져 버리는 게 돈이었다.

하루도 쉬지 않고 악착같이 일만 한 덕분에 서른 즈음엔 작은 빌라 하나를 마련할 정도의 돈이 모였다. 이 돈으로 대출을 끼고 아파트를 사야 하나, 조그만 거라도 가게를 얻어 장사해 볼까 고민하고 있을 무렵 영숙이가 나를 찾아왔다. 중학교 때부터 단짝이었던 영숙이와는 혜미와 가깝게 지내면서부터 조금씩 멀어졌다. 고등학교를 자퇴하고 무작정 집을 나와 헤매고 다닐 때도 계속 연락해 온 친구는 영숙이뿐이었다. 어떻게 알아냈는지 내가 없을 때 고시원으로 찾아와 족발이나 치킨을 사다 놓고 가기도 했고 종종 베개

밑에다 만 원짜리 몇 장씩을 찔러 두기도 했던 친구였다.

고등학교를 졸업하고 정수기 회사에 취직한 영숙이는 저보다 열 살이나 많은 정수기 대리점 사장과 결혼했다. 문자로 청첩장을 받았을 때도, 첫 아이 돌잔치 한다는 연락을 받았을 때도 가 보지 못했다. 몸도 마음도 여유가 없던 시절이었다. 살고 있던 고시원에서 지금 이곳으로 이사 나온 뒤, 가끔 문자나 전화로 연락을 주고받긴 했지만, 얼굴을 보는 것은 7년 만이었다.

햇볕도 잘 들지 않는 반지하 단칸방, 아무리 허물없는 친구라 해도 사는 민낯을 내보인 거 같아 부끄러웠다. 집 안 여기저기를 둘러보던 영숙이가 벽에 걸린 액자 하나에다 눈을 박고 서 있었다. 몇 년 전, 인천 월미도에 놀러 갔다가 길룡과 찍은 사진이었다. 그날은 우리가 혼인 신고를 한 날이기도 했다.

"결혼할 때 연락이라도 좀 하지, 어떻게 너는 애가……."

"그런 거 안 했어. 부를 사람도 없고."

결혼식은 고사하고 금반지 하나 얻어 끼지 못했다.

길룡을 처음 만난 건, 오산에 있는 한 물류 센터에서였다. 자신의 직업을 컴퓨터 프로그래머라고, 사업 자금을 마련하기 위해 잠시 알바를 하고 있는 거라며 묻지도 않은 말을 하곤 했다. 길룡은 그곳에서 채 한 달을 채우지 못하고 일을 그만뒀지만 내게 계속 연락을 해 왔고 가끔 만나 밥을 먹거나 술을 마시고 함께 모텔에 가기도 했다. 하지만 길룡이 돈을 낸 적은 거의 없었기에 그 이유로 그만 만나자는 말을 내 쪽에서 먼저 꺼냈다. 그러자 길룡은 돈 때문에 헤어지자는 게 말이 되냐며, 둘이 살림을 합치면 되지 않겠냐고 했다. 그때부터 내 방에서 빈대 붙어 살게 된 길룡은, 컴퓨터 프로그래머도 사업 자금을 모으고 있는 청년도 아니었다. 단지, 컴퓨터 게임에 빠져 놀고먹는 백수일 뿐이었다. 오늘도 영숙이가 온다는 말에 2만 원을 쥐어 주고 근처 PC방으로 쫓아냈지만, 같이 사는 남자가 어떤 인간일지 말 안 해도 눈치가 빤한 영숙이었다.

"정수기 대리점은 잘되고?"

"그게 요즘 돈이 되냐? 다른 거 한 지 한참 됐다."

"다른 거 뭐?"

"그런 게 있어. 넌 몰라도 돼."

"좋은 거면 나도 좀 알려 줘 봐. 때깔이 완전 부잣집 사모님이

네."

"사모님은 무슨, 강남에 아파트 한 채 정도는 있어 줘야 진짜 사모님이지."

"집 있고 빚 없으면 됐지 뭘 더 바라냐?"

"넌 어째 우리 남편하고 똑같은 소리를……."

"그러니까 알려 줘 봐. 뭘 하면 너처럼 살 수 있는지."

"진짜 알고 싶어?"

"뜸 들이지 말고 빨리 말해."

영숙이는 몇 년 전, 신축 건물 상가 분양하는 곳에 투자했다가 제법 재미를 봤다고, 경기도에 있는 작은 아파트 한 채 값 정도는 벌었다고 했다.

"무식하게 돈 벌어 언제 부자 되냐?"

"그럼 나 같은 사람도 투자 뭐 그런 거 할 수 있어?"

"됐거든, 이런 거 아무나 하는 거 아냐."

"나도 돈 있어. 집 사려고 모아 둔 거 있다니까."

뭔가 말을 할까 말까 한참을 망설이던 영숙이가 입을 열었다.

"사실은, 얼마 전에 좋은 물건이 하나 나오긴 했는데……."

마음이 조급해졌다. 이런 식으로 돈을 모아서는 마흔이 넘도록 아파트 하나 마련하기도 힘들었다. 세상은 언제나 돈 있는 놈이 더 많이 가져가는 게임이다. 가난한 집에서 태어나지 않았더라면 억울하게 학교를 때려치울 일도 없었을 거다. 가진 것 없는 부모는 때리지 않아도 자식을 멍들게 한다. 적어도 내 아이에게 그런 고통을 대물림하고 싶지 않았다. 부자가 되는 길이 있다면 그게 무엇이든 마다할 이유가 없었다.

식당이 쉬는 날이라 종로에서 영숙이를 만나 칼국수를 먹고 있는데 전화가 걸려 왔다. 영숙의 시누이였다. 통화 버튼을 누르자 악을 쓰며 울부짖는 그녀의 목소리가 전화기 밖까지 새어 나왔다. 하얗게 질린 얼굴로 그 소리를 듣고 있던 영숙이가 몇 번이나 같은 말만 반복하고 있었다.

"아니야, 그럴 리 없잖아. 그럴 리 없다니까……."

어딘가로 계속 전화를 걸어 보던 영숙이가 바닥에 풀썩 주저앉아 울음을 터트렸다.

"우리 돈, 우리 돈 어떡해 경미야……."

반쯤 넋이 나가 있는 영숙이의 어깨를 미친 듯이 흔들며 다그쳤다.

"내 돈이 왜? 내 돈이 뭐 어쨌는데!"

"그 새끼들, 우리 돈 갖고 날랐대. 어떡해 이제……."

"너 지금, 그게 무슨 소리야……."

그 순간 어딘가에 내 몸이 부딪히는 둔탁한 소리가 들렸다. 탁자 밑으로 엎어진 칼국수 그릇이 눈앞으로 어렴풋이 보이고 뜨끈한 국물이 머리를 적시던 기억, 그러다 소스라치게 놀라 눈을 떠 보니 병원이었다. 퉁퉁 부은 얼굴로 내 손을 잡고 있는 영숙이가 보였다.

"아니지? 이거 꿈이잖아. 꿈이라고 해 빨리! 아니면…… 넌 내 손에 죽어어어!"

영숙이의 멱살을 잡고 악을 써 대던 나는 침대에서 굴러떨어져 다시 정신을 잃었다.

악착같이 모은 피 같은 돈을 몽땅 날리고 나자 병이 찾아왔다. 병원에서는 공황 장애라고 했다. 사람이 많은 지하철역이나 혼잡한 거리를 걸을 때면 숨이 쉬어지지 않아 한참을 주저앉아 있었다. 피해당한 사람이 우리 말고도 수십 명이 넘는다고 했다. 사기꾼 놈들이 써 준 계약서를 들고 경찰서를 수없이 드나들어 봤지만, 딱히 보상받을 방법은 없었다. 혹시라도 그놈들이 다시 나타나지 않을까, 사무실 근처에 진을 치고 기다려 보았지만, 바퀴벌레처럼 어둠 속으로 숨어 버린 사기꾼들은 그곳으로 다시 돌아오지 않았다.

Web 발신. 삼거리마트 8900원 승인 거절.

휴대폰에 똑같은 문자가 두 번 뜨더니, 라면을 사러 나갔던 길룡이 빈손으로 들어왔다.

"뭐야, 이 카드 안 된대. 딴 거 없어?"

"있겠냐?"

"아 씨, 담배도 다 떨어졌는데……."

"이번 달부터 나가서 돈 벌어 올 거라며!"

"나도 다 생각이 있으니까 그만 좀 짭쳐라."

"뭔 생각? 캐릭터 키워 돈 처바를 생각?"

"담 주부터 일자리 알아볼 거라고……."

"한 번만 더 물통이니 나발이니 그딴 거 사고팔기만 해 봐 아주!"

얼마 전 길룡은 전화로 누군가와 물통 거래를 하는 중이었다. 웬일로 정신 차리고 생수 배달이라도 하려나 싶었지만 알고 보니 그건 게임 머니를 두고 하는 말이었다. 길룡이가 사는 사이버 세상에서는 몇십억도 푼돈일 뿐이라고 했다. 지난 몇 년 동안 길룡은 스무 번도 넘게 일을 갈아 치웠다. 그러다 한번은, 사촌 형 소개로 제법 큰 술집에 매니저로 취직한 적이 있었다. 길룡에게 저런 모습이 있었나, 싶을 정도로 성실하게 출근했다. 술집이라는 특성상 밤늦게 들어오거나 다음 날 새벽에 졸린 눈으로 기어들어 왔을 때도 그러려니 했다. 익명의 문자를 받기 전까진 말이다.

당신 남편 허길룡, 술집 사장하고 모텔에서 나오는 거 봤음. 뒈지기 싫으면 단속 잘하기 바람.

여사장에게 노란 머리의 젊은 애인이 있다는 말을 들었는데 아마도 그 남자가 보낸 문자인 듯했다. 그날 밤 길룡은 나에게 머리

털을 반쯤 잡아 뜯긴 다음 다시 백수로 돌아갔다.

영숙에게서 다시 연락이 온 건, 사건이 터지고 일 년이 지날 무렵이었다. 남편에게 쫓겨나 혼자 지내고 있다고 했다. 마음 같아서는 면상을 아스팔트에 갈아 버려도 시원찮은 심정이었지만 사기꾼에 대한 소식이라도 들을 수 있을까 해서 '왕십리 돼지 껍데기' 집으로 나갔다. 그새 얼굴이 반쪽이 되어 버린 영숙이가 고개도 들지 못한 채 엉덩이를 의자에 반쯤 걸치고 앉아 있었다.

"니가 날 때려죽인대도 할 말이 없다, 경미야……."

"널 죽여 내 돈이 나온다면 벌써 그렇게 했겠지."

"그 사기꾼 새끼, 대기업 회장 조카라기에 믿었던 건데……."

"조카가 아니고 좆까다 이년아!"

"맞아, 내가 죽일 년이야. 너한테 그게 어떤 돈인데……."

우산 손잡이처럼 몸을 구부리고 있던 영숙이가 기어들어 가는 목소리로 물었다.

"애는 어쩌고 나왔어?"

그러고 보니 영숙이를 만난 작년 이맘때쯤, 배 속에 아이가 있었다. 그 일만 아니었다면 지금쯤 나도 말랑말랑한 분홍빛 볼을 가진 아가의 엄마가 돼 있었을지도 모른다.

"내 팔자에 애는 무슨, 유산했어."

'이게 다 너 때문이잖아! 내 인생 물러 내 쌍년아!'

얼굴에 침이라도 뱉으며 소리치고 싶었다. 지난 1년이라는 시간 동안 이를 갈며 치를 떨었다. 그리고 의심했다. 어쩌면 짜고 치는 고스톱인지도 모른다. 자기도 피해자인 척 연기하고 있는 건 아닐까. 하지만 그새 10년은 더 늙어 버린 얼굴로 앉아 있는 영숙이를 보자 다 부질없다는 생각이 들었다.

"미안하다 진짜, 내가 입이 열 개라도 할 말이 없다……."

한동안 말없이 술잔만 비우던 영숙이가 눈물을 떨구었다.

이제 와 돌이켜 보면 영숙이 잘못만은 아니다. 결국 이 지경까지 온 건 내 탓이 컸다. 아이가 태어나기 전에 좋은 집도 마련하고 멋진 차도 사고 싶어 욕심을 낸 건 나였다.

"돈부터 처박은 내가 미친년이지, 누굴 탓해."

그날 우리는 둘 다 코가 삐뚤어지게 술을 마시고 아무 데서나 욕을 해댔다.

"개 같은 세상, 개 같은 내 인생. 엿 먹어라 사기꾼 새끼들아!"

그리고 길가에 세워 둔 벤츠 차 뒤편으로 가서 엉덩이를 까고 앉았다. 노란 물줄기가 차바퀴를 흠뻑 적시며 흘러내렸다.

얼마 지나지 않아 영숙에게서 다시 연락이 왔다. 지난번 만났을 때, 굶어 죽게 생겼으니 일자리나 좀 알아봐 달라고 했다. 찬밥 더운밥 가릴 처지가 아니었다. 길룡이만 믿고 있다간 월세도 못 내고 길거리로 쫓겨날 판이었다. 그런데 전화를 건 영숙이가 뭔가 말을 꺼내려다 말고 자꾸 미적거렸다. 전화기 너머로 빠각거리는 소리가 들려왔다. 불안할 때마다 손톱을 물어뜯는 건 영숙이의 오래된 습관이었다.

한참을 망설이던 영숙이가 입을 열었다.

"경미야, 있잖아……."

"뜸 들이지 말고 빨리 말해."

"혹시 너, 혜미 소식 들은 거 있니?"

"걔 소식을 왜 나한테 물어, 뜬금없이."

"학교 다닐 때 혜미랑 친했잖아."

"친하긴 개뿔! 근데 뭐, 걔가 죽기라도 했냐?"

"아니, 그건 아니고……."

일단 들어 보기나 하라며 영숙은 조심스럽게 얘기를 꺼냈다.

얼마 전에 우연히 순영이를 만났는데 그때 혜미 이야기를 듣게 됐다고 했다.

"결혼하고 6년이 넘도록 애가 안 생겨 고생했다는 거야. 난임 센터에도 다니고 별짓 다 해 봤는데 잘 안됐던 모양이더라고. 그래서 결국……."

"결국, 뭐?"

"그거 있잖아, 대리모."

재작년에 브로커 끼고 필리핀 여자 하나를 데려왔는데 애들 보고 싶다고 질질 짜다가 도망쳐 버렸다더라. 그 뒤로 우크라이나 쪽을 알아보다 남편이 반대하는 바람에 잘 안된 모양이고. 그래서 얼마 전엔 조선족 여자를 소개받았는데 계약금만 받아먹고 연락이 끊겼다나 봐. 걔도 우리처럼 사기당한 건지도 모르지, 라며 영숙이가 혀를 찼다.

"돈 많은 년인데 사기 좀 당하면 어때, 걔가 우리랑 같냐!"

“그래도 안됐잖아, 애가 안 생겨서 그 고생이라는데.”

“미친, 네 걱정이나 해. 남 걱정 말고.”

“걔가 성격이 워낙 지랄 같아서 친구가 없잖니. 너 학교 나간 뒤로는 순영이하고만 붙어 다녔으니까. 그런 얘기 아무한테나 막 할 수 있는 것도 아니고…….”

“근데 순영인 그런 얘길 왜 너한테 하고 지랄이야?”

“아니, 그거야 뭐…….”

돈도 돈이지만 믿을 만한 사람을 구할 수 없다고, 그러니 한번 알아봐 달라고 한 모양이었다. 사람만 구하면 병원이나 다른 건 전혀 문제 될 게 없다고 했다.

“걔네 남편, 강남에서 성형외과 하는데 꽤 유명한가 봐.”

“그래서 뭐, 너 지금 대리모라도 하겠다고?”

“돈 많이 준다니까 사실 나라도 하고 싶지. 근데 정우 아빠가 알면 맞아 죽을까 봐…….”

“그럼 못 한다고 해. 뭐가 문젠데?”

“그게 아니라…… 니가 돈이 급하다고 하니까 혹시 몰라서.”

얼굴에 갑자기 열이 확 솟구쳤다.

“씨발 뭐냐, 지금 나보고 그걸 하라는 거야?”

“경미야, 그러니까 내 말은…….”

“나보고 혜미 남편 씨받이 하라는 거잖아, 지금!”

“그게 왜 씨받이야. 걔네 남편이랑 그걸 하라는 것도 아닌데…….”

“그렇게 돈이 좋으면 너나 실컷 해 이년아, 나한테까지 똥물 튀기지 말고!”

전화를 끊어 버리려던 순간 영숙이의 한마디가 송곳처럼 뚫고 들어왔다.

“일억, 준다잖아.”

내 지갑에서 이만 원을 훔쳐 나갔던 길룡이 붕어빵 봉지를 내밀며 슬그머니 들어왔다. 저런 걸 남편이라고 데리고 사는 내가 한심했다. 내 몸 어딘가에 붙어 살며 떼어 내긴 귀찮고 가만두자니 거슬리는, 일생에 도움이 안 되는 사마귀 같은 존재다. 하지만 어떻게든 얘기는 해야 했다. 배라도 불러오게 되면 괜히 곤란해질 수도 있는 문제였다.

“아까 낮에 영숙이한테 전화가 왔는데…….”

"뭐야, 그놈들 잡았대?"

"아니, 내가 일자리를 좀 알아봐 달라고 했어."

"몸도 안 좋다면서 일은 무슨……."

"돈 많이 준다는 데가 있어서 생각 중이야."

"뭔 일인데 당신 같은 아줌마한테 돈을 많이 줘?"

쉽게 입이 떨어지지 않았다. 예전에 한번, 길룡에게 혜미 얘기를 한 적이 있었다. 걔 때문에 내 인생이 꼬여 버렸다고, 두 번 다시 엮이고 싶지 않은 쌍년이라고 했다. 그런데 이제 와서 쌍년의 대리모를 하겠다는 말은 차마 할 수 없었다. 그냥, 돈 많은 집 여자가 아이를 낳지 못해 대리모를 구한다고만 했다. 내 말이 끝나기도 전에 길룡은 붕어빵 봉지를 패대기치더니 발로 짓밟았다. 까만 내장이 터져 나온 물고기처럼, 팥앙금이 방바닥에 처발라졌다.

"그러니까 지금, 딴 새끼 애를 낳겠다는 거냐!"

"요즘은 불임 부부들도 많고……."

"많은데 뭐, 그게 너랑 뭔 상관이냐고!"

"왜 소리를 지르고 지랄이야, 싫으면 니가 나가서 돈 벌어 오던가!"

마음 같아서는 욕이라도 실컷 퍼부어 주고 싶었지만 쓸데없는 말로 자극해서 좋을 건 없다. 어찌 되었든 다른 남자의 씨를 내 몸에 넣겠다는 거고 길룡이 입장에선 화가 날 수도 있는 문제였다. 이럴 땐 하나 마나 한 백 마디 말보다 납득할 만한 이유 하나만 알려 주면 된다. 괜히 서로 힘 빼지 말고 지금까지 그래 왔던 것처럼.

"일억 준다잖아!"

씩씩대던 길룡의 입이 잠시 조용해졌다. 그 말을 듣고도, 개소리 하지 말라며 뺨이라도 한 대 올려붙여 주길 바랐는지도 모른다. 하지만 나에 대한 길룡의 마음은 언제나 딱 고만큼이었다. 애써 한 발짝 더 내딛는 노력 따윈 하지 않았다. 잠시 뻗대다 어느 순간 툭 하고 고집을 꺾어 버리는 정도의 것, 남자의 자존심 따위는 치킨 한 마리하고도 언제든 바꿀 수 있는 인간이 바로 길룡이었다.

방문 앞에 쭈그려 앉아 엉덩이 골을 훤히 드러내 놓고 담배를 연거푸 세 대나 피고 들어온 길룡은 나름 고심해서 내린 결론이라는 듯 내게 말했다.

"인생, 돈이 다가 아니다. 이년아."

다음 날 아침, 영숙이에게 전화를 걸었다. 남편에게 쫓겨난 년이

나 백수 남편을 데리고 사는 나나 서로 꿀릴 것도 쪽팔릴 것도 없는 처지였지만 쉽게 입이 떨어지지 않았다. 그래도 마음먹었을 때 해 버리는 게 나았다.

"꼴에 남편이라고 아주 눈을 까뒤집고 덤비는 거 있지."

"그럴 거라 생각은 했어. 어떤 남자가 지 마누라보고 그런 걸 하라고 하겠니."

"아니, 그러니까 내 말은……."

"됐어, 잊어버려. 내가 다른 데 알아봐 줄게."

내가 하려던 말은 그게 아니었다. 그 일을 하겠다, 무조건 해야겠다, 일억짜리 씨받이 일을 내가 하겠노라는 거였다. 알량한 자존심 따윈 사고도 남을 돈이었다.

"때려죽여도 안 된다는 거 겨우 달래 허락받았어. 까짓 거 눈 딱 감고 한번 하지 뭐."

압구정동 H아파트, 부자들만 모여 산다는 동네. 백화점과 고급 음식점이 즐비해 있고 푸른 잔디밭이 드넓게 펼쳐진 한강 공원이 훤히 내려다보이는 그곳 꼭대기 층에 혜미가 살고 있었다. 벨을 누르자 강아지 짖는 소리가 요란하게 들리더니 잠시 뒤 아주머니가 나와 문을 열어 주었다. 하얀 대리석이 깔린 현관과 복도를 지나 거실로 들어가니, 까만 몸뚱이에 금색 털의 얼굴을 가진 개 한 마리를 가슴에 안은 혜미가 앉아 있었다.

"이게 얼마만이야, 학교 다닐 때 보고 처음인가?"

"그러게, 진짜 오랜만이다."

그 뒤로 한 번, 종로 3가에서 본 적이 있다는 말은 하지 않았다.

"내가 좀 늦었지? 처음 와 보는 곳이라 조금 헤맸거든."

"괜찮아, 일단 앉아. 뭐 마실래?"

처음에 얼핏 볼 땐 몰랐는데 가까이서 보니 예전에 내가 알던 혜미의 모습이 아니었다. 한겨울에 길거리에 내놓은 화분처럼, 죽은 것도 산 것도 아닌 앙상한 갈색 식물 같아 보였다. 예전보다 살이 많이 빠진 거 같다는 내 말에 혜미는 고개를 살짝 쳐들며 말했다.

"원래 살찌는 거 못 참는 성격이잖아, 나."

고등학교 다닐 때도 날씬한 혜미는 교복 허리와 치마 길이를 줄여 몸에 딱 맞게 고쳐 입었다. 그리고 내 허리살을 꼬집으며 잔소리하곤 했다. "이거, 어떡할 건데!" 하지만 이제 와 예전에 알던 혜미에 대한 감정 따윈 섞고 싶지 않았다. 아주머니가 케이크와 주스가 담긴 쟁반을 내려놓고 가자 잠시 뜸을 들이던 혜미가 내게 물었다.

“너 이거 진짜 할 거니?”

“그럼 내가 여길 왜 왔겠어.”

“친구끼리 이래도 되나 싶기도 하고…….”

“믿을 만한 사람을 구한다며.”

“물론 너라면 믿을 수 있지. 근데 잘 모르겠다.”

입가에 살짝 경련이 일었다. ‘내 믿음을 배신한 건 너였잖아!’ 뺨이라도 한 대 후려쳐 주고 싶었다. 하지만 지금 나에겐 돈이 필요하다. 좋았던 기억도 나빴던 기억도 지금은 모두 부질없게 느껴졌다. 눈 딱 감고 몇 달만 버티면 된다. 돈만 받고 나면 너같이 의리 없는 년하고는 두 번 다시 볼 일도 없으니까.

“복잡하게 생각하지 마. 나는 괜찮아, 진짜야.”

한 달 뒤, 부산에 있는 한 난임 센터에 가서 시술을 받았다. 의사 앞에서 다리를 벌리고 누워 기다란 빨대가 달린 주사기로 혜미의 난자와 남편의 정자를 체외 수정시킨 배아를 내 자궁에 찔러 넣었다. 기분 나쁜 통증이 잠시 지나간 뒤 의사는 1시간가량 움직이지 말고 누워 있으라고 했다. 결과는 2~3주 정도 지난 후에 알 수 있다고, 그동안 될 수 있으면 부부 관계도 삼가고 무리가 되는 일은 하지 말라는 주의를 줬다. 그곳에서 내 이름은 박경미가 아니라 윤혜미로 불렸다. 둘 다 혈액형이 B형이라 문제 될 건 없었다.

병원을 다녀온 뒤, 곰팡이가 덕지덕지 피어 있는 좁은 방에 누워 기도했다. '한 번에 성공하게 해 주세요, 제발. 이 일이 빨리 끝나 내 통장에 다시 돈을 채워 넣을 수 있게 해 주세요.' 눈물 콧물 흘려 가며 제발 사기꾼 좀 붙잡게 해 달라고 빌 땐 들은 체도 않더니, 이번만큼은 신도 자비를 베풀기로 한 모양이었다. 혜미가 지난 6년 동안 그토록 바라고 애써도 되지 않던 그 일을 나는 한 번에 성공시켰고 우리는 각자 다른 이유로 기뻐했다. 이제 아홉 달 뒤면 나에겐 큰돈이 생긴다. 돈만 받고 나면 모든 게 끝이었다.

"잠시 나올래? 나 지금 너네 집 앞이야."

혜미의 전화였다. 지난번 병원에서 초음파 검사를 받던 날, 데려다준다는 걸 억지로 뿌리치고 온 것도 내가 사는 동네를 보여 주기 싫어서였다. 하지만 이제 집을 알아 버렸으니 미적거리고 있다간 낭패스러운 일이 생길 게 뻔했다. 잠시 기다리라고 말한 뒤 기미 낀 얼굴에 콤팩트를 꾹꾹 찍어 바르며 영숙이에게 문자를 날렸다.

'어우 미친년, 내가 너 가만두나 봐!'

삼거리슈퍼 앞에 차를 대놓고 생수 한 병을 사 들고 나오는 혜미가 보였다.

"이렇게 불쑥 찾아오는 건 예의가 아니지 않니?"

"미안, 너랑 밥이라도 한번 같이 먹고 싶다고 영숙이한테 사정사정했어."

"배 속의 애가 궁금해서 왔다고 해, 그냥."

임신 사실을 알린 날, 계약금으로 천만 원을 받았다. 나머지 돈은 출산하는 날 입금 되는 걸로, 그것 말고도 혜미는 매달 100만 원의 돈을 보내왔다. 배 속에 있는 아이의 영양 공급을 위해서였다. 계약금 받은 걸로 카드값과 밀린 월세를 해결하고 나자 숨통이 트였다. 없는 사람들에게 돈은 산소통이고 인공호흡기였다. 죽어 가는 사람도 살릴 수 있는 게 돈이다. 그런 이유로 혜미는 지금 나에게 산소통이고 인공호흡기인 셈이었다.

"맛있는 거 먹으러 가자. 뭐 먹고 싶어?"

"속이 좀 미식거려서, 별로 생각이 없네."

"혹시, 입덧?"

"그런 거 같기도 하고."

처음 임신했을 때, 그러니까 지금 말고 예전에 내 아이를 가졌을 때는 입덧을 하지 않았다. 하지만 이번엔 임신 사실을 안 순간부터 속이 매슥거리기 시작했다. 입덧이라기보단 뭔가 내 몸 안에 이물질이 들어와 있는 느낌이었다. 남은 5개월 동안 어쩔 수 없이 참아내야 할 이물감이기도 했다.

"그럼, 우리 집으로 가자. 내가 맛있는 거 해 줄게."

"아냐, 근처에서 아무거나 먹자. 많이는 못 먹을 거 같아."

"혼자 밥 먹기 싫어서 그래."

"남편이랑 먹어. 그러면 되잖아."

"집에서 밥 잘 안 먹어. 바쁘기도 하고……."

"괜히 마주쳤다가 불편해지는 거 싫어서 그래."

"그 사람하고 부딪힐 일 없어. 진짜야, 약속해."

혜미가 조심스럽게 내 팔을 끌어당기며 말했다. 배 속에 아이가 자리를 잡아 가면서부터 비위를 맞추는 쪽이 혜미, 당당해진 쪽은 오히려 나였다. 물론, 시한부 친절일 뿐이겠지만.

앞치마를 단단히 동여맨 혜미가 주방으로 들어갔다. 냉장고에서 고기와 온갖 채소들을 꺼내 씻고 다듬고 썰고 다졌다. 가스레인지 위에서 국이 끓고 프라이팬에서 고기와 채소가 익어 가는 냄새가 났다. 엄마가 살아 있을 땐 나도 집에서 밥을 먹었다. 아버지는 술에 취해 엄마를 때리고 밥상을 엎었지만, 다음 날이면 한쪽으로 살짝 기울어진 밥상 위에 된장찌개와 노릇하게 구워진 고등어구이가 차려졌다. 신문지를 말아 밥상 다리 밑을 고이던 엄마는 내가 학교를 그만둔 그해 겨울, 식당 일을 마치고 돌아오던 길에 교통사고를 당했다. 그리고 아버지는 엄마 목숨값으로 받은 돈을 노름판에서 날려 버렸다. 그때 이후, 누군가가 나를 위해 손수 따뜻한 밥상을 차려 주는 건 처음이었다.

내 앞쪽으로 고기며 찌개, 반찬 그릇들을 밀어 주며 혜미가 말했다.

"맛있어? 별로야? 딴 거 해 줄까?"

"그만 물어봐. 먹을 만하니까."

혜미는 자기 밥그릇에 펐던 밥을 크게 한 순갈 덜어 내 밥그릇에 얹었다. 지금은 살찌는 게 싫어 안 먹는 거 같진 않았다.

"아줌마는, 어디 가셨어?"

"얼마 전에 딸이 애를 낳았대. 한 달 정도 쉬라고 했어."

"……."

"남들은 뭐가 그리 쉬운지……."

"개도 안 보이네, 이름이 초코였던가?"

"주인한테 보내 버렸어, 지난주에."

"뭐야, 주인이 따로 있어?"

"돈 주고 산 사람이 임자니까."

내가 밥 한 그릇을 다 비우고 나자 혜미는 식탁 한쪽에 놓여 있는 약 봉투에서 알약이 여러 개든 봉지를 꺼내 입에다 털어 넣었다. 약 봉투엔 'ㅇㅇㅇ 정신 건강 의원'이라고 적혀 있었다.

"밥도 몇 숟갈 안 뜨더니, 무슨 약을 그렇게 많이 먹어?"

"그냥, 소화도 잘 안되고 해서……."

백수건달 같은 놈을 끼고 사는 나 같은 년도 있는데 이런 좋은 집에, 의사 남편까지 도대체 뭐가 힘들다고 약까지 처먹으며 유별을 떠는 거냐고 욕해 주고 싶었다. 먹은 그릇을 개수대에 갖다 놓으며 "팔자 편한 년이"라고 작게 내뱉었다. 이제 그만 가 보겠다고 말하자 바짝 마른 나무 덩굴 같은 손으로 혜미가 또다시 내 팔에 엉겼다.

"조금만 더 있다 가, 혼자 있는 게 싫어서 그래."

"이러다 너희 남편 오면, 부딪히기 싫다고 했잖아."

"안 와, 절대 부딪힐 일 없어. 그러니까 경미야……."

다짜고짜 더 있다 가라며 애처럼 떼쓰는 혜미가 싫었다. 내가 학교를 그만둘 때 이렇게 좀 붙잡지 그랬냐, 미주를 때린 건 너잖아. 잘못한 건 넌데 선생들한테 모욕당한 건 나였어. 종로에서 마주쳤을 때도 넌 그냥 가 버렸잖아. 미안하다는 사과 한마디 없이. 너 때문에 내 인생이 요 모양 요 꼴이 돼 버렸는데도 모른 척 잘 먹고 잘 살다가 왜 이제 와서 내 팔을 붙잡고 늘어지는 건데 왜! 차갑게 혜미의 손을 뿌리치고 싶었다. 그런 내 눈빛을 읽었는지 혜미가 슬그머니 내 팔을 놓아주며 말했다.

"나, 그렇게 팔자 편한 년 아니야. 우리 남편, 집 나간 지 한참 됐어."

혜미는 냉장고에서 소주 한 병을 꺼내와 물컵에 부었다.

"야, 너 좀 전에 약 먹었잖아."

"괜찮아, 안 죽어."

그때 혜미가 미주를 때린 이유에 대해선 나중에 영숙이한테 들어 알게 됐다. 미주가 이상한 소문을 퍼트리고 다녔기 때문이라고 했다. 저 언니네 아빠가 새파랗게 젊은 여자를 데려다 살고 있다더라, 딸이랑 네 살 차이밖에 안 난대, 뒤룩 돼지, 변태 새끼, 아 소름 끼치게 더러워, 같은 얘기를. 그러고 보면 혜미는 한 번도 나를 자기 집에 데려간 적이 없었다. 엄마나 아빠에 대한 얘기도 하지 않았다. 단짝 친구였던 나도 혜미에 대해서는 아는 게 별로 없었으니까.

"너랑 노래방에서 술 마시고 막 미친 듯이 춤췄던 거 생각난다. 그때가 좋았는데……."

"남편이랑 무슨 문제 있어?"

"문제야 많지. 내 얼굴에 다 쓰여 있잖아. 불쌍한 년, 외로운 년,

애도 못 낳는 년……."

"그래서 집은 왜 나갔는데?"

"그 인간, 지금 딴 사람하고 살아."

"여자 있어?"

"여자 없어. 근데 있긴 있어."

"뭔 말이야, 그게."

"여자는 없는데 사랑하는 사람이 있대."

"……."

"그런 눈으로 보지 마. 처음엔 우리도 꽤 괜찮았어. 애가 안 생겨서 그렇지 뭐 특별히 나쁠 건 없었으니까. 병원 가서 애 가지려고 노력도 해 봤고. 근데 번번이 실패만 하니까 둘 다 지치더라. 그러다 대리모 얘기도 나왔던 거고. 근데 하루는 술이 떡이 돼 들어와서 그러는 거야. 자기도 결혼해서 그냥 평범하게 살아 보려고 노력은 했대. 근데 그게 잘 안된대. 나도 그날 처음 알았어. 우리 남편 애인이…… 남자라는 거. 잠시 바람피우다 말 거도 아니고 이건 답이 없는 문제더라고."

"그럼 애는? 같이 살 것도 아니라면서 애는 왜 낳으려는 건데!"

"이혼하든 안 하든 어차피 내 곁엔 아무도 없잖아. 세상에 내 편 하나 없다는 거, 그게 너무 외롭고 슬픈 거야. 그래서 아이라도 갖고 싶었어……."

"그래도 난 이해가 안 돼. 갖고 싶은 건 돈으로라도 사야겠다는 거 아냐, 지금!"

"경미야, 그런 거 아니야……."

"그럼 뭔데? 입양을 하든, 다른 방법도 얼마든지 있는데 이렇게 꼭!"

"아버지가 하도 바람을 피워 대니까 엄마가 가끔 그런 말을 했거든. 내 목에 칼이 들어와도 남의 새끼는 못 키운다고. 결국은 나도 버리고 떠났지만……."

혜미는 그래서 자신이 없었다고 했다. 키우던 강아지처럼 또 어딘가로 보내 버리게 될까 봐, 그건 더 못 할 짓이지 않겠냐고.

"넌 이해 안 되겠지만 나 요즘 그나마 행복해. 내 인생에서 웃을 일이 또 있을까 싶었거든. 이제 약도 끊을 거야. 운동도 하고 밥도 잘 먹고……."

그러더니 혜미가 나에게, 아니 정확히는 내 배에다 얼굴을 비벼

대며 말했다.

"엄마가 잘할게. 절대 혼자 놔두지 않을 거야, 나처럼……."

새벽에 화장실을 가기 위해 눈을 떴을 때, 혜미는 내 곁에서 대자로 뻗어 코를 골며 자고 있었다. 수면제를 아무리 털어 넣어도 잠을 잘 수 없다던 불면증 환자처럼 보이진 않았다.

잠들기 전에 내가 말했다.

"너도 참 외로웠겠다."

이 말 한마디에 혜미는 무너져 울었다. 쥐어짜도 물 한 방울 나오지 않을 것 같은 바짝 마른 몸에서 끝도 없이 눈물과 콧물이 쏟아져 나왔다. 붕대 같은 휴지를 풀어 혜미에게 건넸다.

"콧물이나 좀 닦아. 드러워 죽겠다, 이년아!"

내 말에 혜미는 울다 웃다 그렇게 잠이 들었다.

"경미야 일어나 봐. 우리 바다 보러 가자."

어젯밤, 바닷가에서 조개 줍는 꿈을 꿨다며 당장 바다를 보러 가자고 졸랐다. 죽은 고목에서 초록 이파리 두 장이 돋아난 것처럼 두 눈을 반짝이며 혜미가 말했다.

"나 지금, 배가 무지 고파. 김치찌개 먹고 싶어."

"니 새끼도 배고프단다. 어제 엄마한테 무지 시달려서."

"아, 진짜? 내 새끼 배고프면 안 되는데. 깔깔깔."

얼큰한 김치찌개에 밥을 뚝딱 비벼 먹고 우리는 바다를 보러 갔다. 두 시간쯤 달렸을까. 혜미가 창문을 활짝 열어젖히더니 숨을 크게 들이마셨다.

"아, 바다 냄새 난다."

짠 내 머금은 텁텁한 바람이 내 얼굴을 훑으며 지나갔다. 먹고 사는 게 급급해서, 통장을 채워 나가는 게 배를 불리는 거보다 더 좋아서 손이 부르트도록 일만 했다. 다른 건 어떻게 되든 아무 상관 없다는 듯이……. 차창 밖으로 넓게 바다가 보이기 시작했다. 우리는 신발을 벗어 들고 모래사장을 가로질러 해변까지 내달렸다. 바다를 처음 본 사람처럼, 모래 위에 철퍼덕 주저앉아 파도가 밀려왔다 밀려 나가는 모습을 하염없이 바라보고 있었다.

"좋다, 경미야."

어젯밤 꿈처럼, 혜미는 조개껍데기를 줍고 나는 모래성을 쌓았다. 바닷물에 발을 담그기도 하고 파도가 밀려오면 꺅꺅 소리를 지르며 도망치기도 했다. 바다를 배경으로 사진도 찍고 해변가 푸드트럭에서 사 온 따듯한 커피를 마시며 붉은 해가 수평선 너머로 서서히 잠기는 것을 바라보았다.

바닷바람이 제법 쌀쌀하게 느껴질 무렵, 엉덩이에 묻은 모래를 털어 내며 일어섰다. 뽀얀 조개껍데기들이 별처럼 촘촘히 박혀 있는 백사장을 지나 창밖으로 바다가 훤히 내다보이는 횟집으로 들어갔다. 혜미는 회를 시키고 나는 쌈장에 찍은 당근을 오독오독 씹으며 말했다.

"너네 남편, 생각이 바뀔지도 몰라."

"무슨 생각?"

"애가 태어나고 나면……."

"돌아온다고 해도 이젠 내가 싫어."

회를 먹고 난 혜미가 매운탕에서 건져 낸 도미 대가리를 맛있게 발라 먹고 있었다. 그 모습을 보고 있으려니 임신했을 때 생각이 났다. 산부인과에서 아이를 처음 보고 온 날이었다. 아기의 콩닥거리는 심장 소리를 듣고 돌아오던 길에 갑자기 그게 너무 먹고 싶었다. 엄마가 가끔 해 주던 달큰한 무 생선조림. 그래서 한 팩에 4천 원 하는 싱싱한 방어 대가리를 사 와 반으로 가르고 큼지막하게 썬 무에다 설탕과 간장, 다진 마늘을 듬뿍 넣은 양념에 졸여 먹었다. 배 속에서 엄마가 생선 대가리를 쪽쪽 빨아먹는 소리를 들으며 입을 오물거렸을 아이는, 그 일이 터지고 얼마 안 있어 생선 뼈처럼 버려졌다. 무능한 남편, 잡히지 않는 사기꾼들, 비어 버린 통장……. 심장에서 아이가 자라고 있는 것처럼 숨이 막혀 왔다. 가난한 엄마가 자식을 낳는 게 더 나쁜 거라고, 그러니 내 탓은 아니라고 생각했다.

병원에 가는 돈이 아까워 30만 원을 주고 인터넷에서 약을 구해다 먹었다. 자연 유산이 되도록 도와준다는 그 흰색 알약을 하루 두 알씩, 3일 동안. 그리고 4일째 되던 날 나머지 세 알을 마저 먹었다. 조금씩 비치던 피가 5일째 되던 날부터 뭉텅이로 빠져나왔다. 가슴을 무겁게 짓누르고 있던 핏덩이가 빠져나오는 걸 보며 오히려 후련했다. 아이는 한 달 동안이나 붉은색으로 서서히 녹아 나왔다. 내 몸속에서 흔적도 없이 사라질 때까지.

횟집을 나와 우리는 다시 바닷가로 갔다.

낮에 왔을 때와는 달리 밤바다는 왠지 아득하고 쓸쓸해 보였다.

"경미야, 불편하게 그러고 있지 말고 여기 앉아."

백사장에 쭈그려 앉아 있는 내게 혜미가 자기 신발을 꾹꾹 눌러 엉덩이 밑으로 디밀었다. 그 모습을 보고 있으려니 예전에 내가 찢어 버린 혜미의 슬리퍼 생각이 났다.

"너 혹시, 그거 기억 나?"

"어떤 거?"

"학교 그만두기 얼마 전에 내가 신발을 잃어버렸는데……."

"아, 기억나. 그래서 내가 너한테 슬리퍼 빌려줬잖아."

그날은 금요일이었다. 혜미의 슬리퍼를 집에 가져와 빡빡 문질러 닦은 다음, 드라이기로 뽀송하게 말렸다. 그리고 분홍색 종이 가방에 담아 월요일 날 학교로 가져갔다. 하지만 그런 것쯤은 벌써 잊었다는 듯이 혜미는 새로 산 하얀 나이키 슬리퍼를 신고 있었다. 그때 돌려주지 못하고 사물함에 넣어뒀던 것을 다시 집으로 가져왔다. 학교를 그만두고 나오던 그날.

"그 슬리퍼, 내가 가위로 조각조각 자르고 찢어서 버려 버렸어."

바닷가로 몰려나온 사람들이 폭죽을 터트리며 환호성을 질러 대고 있었다.

"경미야, 그땐 내가……."

사람들이 떠드는 소리에 혜미의 목소리가 묻혔다.

"네가 빌려준 슬리퍼 같은 거라고 생각했어, 이 아이."

내 자궁 속에서 종양처럼 키워 낸 혜미의 아이를 분홍색 종이 가방에 담아 되돌려주고 싶었다. 너에게서 헌신짝처럼 버려졌던 하찮은 것들처럼, 미련 없이 가볍게.

한참을 말없이 앉아 있던 혜미가 내 손을 잡았다.

"그래도 다행이다, 경미야."

"뭐가?"

"나도 너만큼 불행해서……."

그래, 어쩌면 그랬을지도 모른다. 너도 나만큼 불행해 보여서, 미움을 잠시 잊었는지도……. 행복했다면 다시 만나지 않았을 우리는, 차가운 모래를 털고 일어나 따듯한 불빛이 보이는 곳으로 약간의 간격을 유지한 채 천천히 걸어갔다.

작가의 말

제대로 된 글을 한번 써 보자는 마음으로 하던 일을 그만뒀다. 매달 고정적으로 나오는 돈을 포기하는 건 쉽지 않았다. 아무리 덧셈 뺄셈을 해 봐도 답이 없는 상황이었지만 더 이상 미루다간 '답 없는 인생'만 살다 끝날 것 같았다. 돈 벌이를 그만두고 글을 쓰기 시작하면서, 처음으로 나만의 시간을 가져 봤다. 가방에다 노트북을 챙겨 아침에 집을 나와 카페에서, 도서관에서, 때론 혼자 떠난 여행길에서 글을 썼다. 당장이라도 좋은 글을 써낼 수 있을 줄 알았다. 하지만 시간이 지날수록 조바심만 늘어 갈 뿐 글은 나오지 않았다.

헛된 희망에 지쳐 갈 즈음, SNS에 짧은 글들을 올리기 시작했다. 버스에서 만난 사람들, 집에서 키우는 개와 고양이, 내가 살아오며 겪었던 사소한 이야기들이다. 적잖은 사람들이 '재밌다'는 댓글과 함께 '사람을 웃기는 재주'가 있다고 말해 줬다. 그런 격려에 힘을 얻어 매일 조금씩 글을 써 나갈 수 있었다.

내 소설의 주인공들은 어떤 이유에서인지 하나같이 쌈마이다. 말하자면, 영화를 만들 때 잘나가는 일류 배우 대신 이름 없는 삼류 배우를 데려다 쓴 셈이다. 나의 첫 소설, '내 애인 이춘배'도 아웃사이더로 살아가고 있는 ADHD 청년의 이야기다. '죽은 고양이를 태우다'와 '케잌 상자'에도 하나같이 못난 사람들이 주인공으로 나온다. 어쩌면 미스캐스팅일 수도 있다. 영화 '족구 왕'처럼, 탄탄한 시나리오와 끝내주는 연기력이 뒷받침이 된다면 또 모를까 내가 가진 거라곤 달랑 노트북 하나에 살아 있으므로 갖다 쓸 수 있는 시간뿐이었다.

'샤넬 No. 5'를 쓰면서는 치매로 고생하다 돌아가신 엄마 생각이 많이 났다. 소설 속 주인공인 진주는 어쩌면 나였는지도 모른다. 막내딸 이름만큼은 절대 잊어버리지 않을 거라 믿었던 엄마에게 어느 날 물었다. "내 이름이 뭐야?" 그랬더니 엄마는 "민물 장어"라고 대답했다. 그 말이 너무 슬픈데 또 너무 웃겼다. 내 글도 '민물 장어'처럼 슬프지만 누군가를 웃길 수 있으면 좋겠다는 마음으로 써 나갔다.

먼지처럼 날아가 버릴 수도 있는 티끌 같은 문장들이 모여 책으로 나왔다. 고마운 분들의 도움이 아니었다면 꿈도 꿀 수 없는 일이다. 결국은 글로 갚을 수밖에 없는 사람들이다. 소설을 놓지 않도록 깨알 같은 잔소리로 나를 몰아붙였던 동생 K, 아낌없는 악평으로 피눈물을 쏟게 만들었던 친구 J. 지금처럼 앞으로도 나를 포기하지 말아 주길 바란다. 내 삶의 배경이 되어 준 고마운 가족들과 한결같은 믿음과 가르침으로 격려해 주셨던 이외수 선생님, 그리고 좋은 문장을 허락해 주신 Joyce Park 님께도 깊은 감사를 드린다. 누군가에게 내 글이 위안과 웃음이 될 수 있다면, 앞으로도 30년쯤은 더 노력해 볼 생각이다.

죽은
고양이를
태우다

1판 1쇄 2023년 5월 15일

글 김양미

펴낸이 모계영 **펴낸곳** 가치창조 **출판등록** 제406-2012-000041호
주소 경기도 고양시 일산동구 중앙로1347, 228호(장항동, 쌍용플래티넘)
전화 070-7733-3227 **팩스** 031-916-2375
이메일 shwimbook@hanmail.net

ISBN 978-89-6301-304-6 (03810)

문학세상 은 가치창조 출판그룹의 문학 전문 브랜드입니다.